明月心灯

海德◎著

九州出版社
JIUZHOUPRESS

图书在版编目（CIP）数据

明月心灯 / 海德著. -- 北京：九州出版社，2025.
1. -- ISBN 978-7-5225-3469-5

Ⅰ. I267

中国国家版本馆 CIP 数据核字第 2025KR8008 号

明月心灯

作　　者　海德 著
责任编辑　周红斌
出版发行　九州出版社
地　　址　北京市西城区阜外大街甲 35 号（100037）
电　　话　(010)68992190/3/5/6
网　　址　www.jiuzhoupress.com
印　　刷　三河市华东印刷有限公司
开　　本　710 毫米 ×1000 毫米　16 开
印　　张　16
字　　数　180 千字
版　　次　2025 年 2 月第 1 版
印　　次　2025 年 2 月第 1 次印刷
书　　号　ISBN 978-7-5225-3469-5
定　　价　39.60 元

我是月，我是光，我是万物一切。
不可寻我，不可觅月，
只在江心见那涟漪摇曳，波水闪烁，
一轮大好！

目　录

第一章　人生就是一场修行

第二章　战胜自己

第三章　开启自己的悟性

第四章　明月心灯

第一章

人生就是一场修行

　　世界在眼里，世界在心里，世界在脚下……人生路长，人生路短。每每细品，五味杂陈，难以言说。人生就是一场修行，在点滴细微处可洞见人生的真谛。

　　人生不易，常常心有余而力不足。过去的还未放下，未来的已压在心头。热血始终在沸腾澎湃，为何要甘于停留原地？山河大地分明在为我呐喊，人间悲欣哪个不是为我而唱的赞歌？

　　人生如海，风比浪高。前进几分，退后几分，何时是归期？不与风雨话人生，因风雨无情；不与山河言生死，因山河不老。

　　人生的愁苦无处倾诉。不甘、悔恨、难舍……无论哪一点都足以灰暗我们的未来，足以毁了我们的余生。

　　风月如此，唯人解读；人生这般，人心来度。不曾昏暗的世界，是用心来照亮的。在前行的路上，风雨不会少，浪头定相伴，是否能做那运风走雨的人？当看自己！

　　抬脚就有路，昂首阔步；开眼就有光，充满希望。这是一条自我救赎之路，风雨本就是对生命的洗礼。

　　把微笑挂脸上，迎着寒冬酷暑和狂风巨浪，前行吧！无人能夺去你的远方，无人能阻挡归家似箭的心。修好自己，只做自己，成为真正的自己！

我本天然
无需造作

甲辰 海法

让人哭笑不得的人生

以往的我和现在的自己，来来往往总是在梦中穿梭，一直都在这条轨道上，却不能遇见。

那一朵玫瑰是浪漫的爱，是人生所向往和追求的幸福，懵懵懂懂地以为这就是人生的快乐。

眨眼间，青春已不在，梦想也随着支离破碎，可这一缕缕记忆始终在心中盘绕，不肯忘却那曾经的一切。

碧波依然带着夕阳的闪烁，月亮悬挂空中，一片片银光普洒。喜悦之情由内心涌出，生活是那么有滋有味。

晨光是一天的祝福，星星出现的夜空给自己送来甜蜜的睡眠。人活得惬意舒适，自然而然随性。

于大海扬帆，自由自在地航行，不畏手畏脚时，海阔天空一任遨游。顺利的人生皆是吉祥，时处喜庆有余。

三月桃花宣告春天的到来。得意人生，风生水起，这是福报的象征。人生有苦有乐，福报享尽，恶报就会经常光顾——无论做什么事都做不成，运气不好，做生意不赚钱、总赔钱，该加薪不给加薪，该晋职不能晋职。

名利场中混不开，情场亦失意。一生穷困潦倒、居无定所。这人生的磨难接二连三总不间断，这坎坷不平的路好像怎么都走不到头。

美好的日子跟自己无缘，努力欲塑造美好的个人形象，结果却人设崩塌……人生真的很苦，所谓的快乐亦是缘聚缘散的假相和幻生幻灭的刹那。

人生百年，瞬间的光景。这生活刚刚有点起色，接踵而来的就是各种变故；这安稳的日子没过几天，迎面而来的便是那不想做又不得不做的事。

高高兴兴地开始，满面愁容地结束，戏剧性的变化往往使人措手不及。前一秒还在畅谈人生的价值和意义，下一秒就被残酷的现实啪啪打脸。

幸运和灾祸在不停地轮换着出现，而人还是同一个人。忧悲苦恼里的人正痛苦不堪，可一转脸又被眼前的利益所迷惑而忘乎所以。

无常的到来常常让人始料不及，这边还没有适应新的状况，那边突发的事情又接连出现。喜忧伴随着人的一生，悲欣亦时常出现在人生的旅途。

有时欢乐有时愁，这变化无常，让人很无奈，着实有心无力，只好任其所为。生活有时如同那不正常的天气说变就变，这压在头上的阴云尚未散去，脚下的障碍却已经形成。

一个个荒唐的故事填满了不堪的人生，一次次酸辣苦甜的滋味令人哭笑不得。真不知道该何去何从！

常怀善念，常持善行，则身心常处安乐地。

百味人生

一壶老茶依旧蕴含百味人生，一轮清月洒向人间都是爱。沧桑的人生，带着焦虑的繁忙，自始至终都是一个五味杂陈的梦。人生短暂，人生漫长，短暂得让人窒息，漫长得叫人愁苦。

湛湛青天总有几缕白云的衬托，大地上的百花只会迎着春风绽放。向往那幸福快乐的心，于世间多少个日夜翘首以盼，可经常在毫无留恋的脚步下，匆匆忙忙又急切地奔向了另一个目标。

掬一捧记忆长河之水，在往事不堪回首处重温儿时的童真。常为一去不复返惋惜，那是一生的痛，亦是难以愈合的伤口。

在无奈中，朦朦胧胧地似乎明白了人生。饱尝酸辣苦甜后的感慨，说不清、道不明。一言难尽的故事，占据了整个人生的空间。

一曲曲令人几多欢乐、几多愁的歌，始终伴随着自己。万家灯火犹如夜空闪烁的繁星，漫无边际的宇宙，有很多未解之谜。不食人间烟火，那是属于神仙的传奇，平常人只需过好平常的生活。

苦尽甘来是人间常态，不可思议的事频频发生那肯定有其因由。五彩缤纷的世界使人眼花缭乱，单调无聊的生活让人寂寞难耐。这一出出皆是人间的苦相，只有人的灵魂得到升华，才能获得那永恒的安乐。

记恨他人的过错是跟自己过不去，活在他人的眼光下最容易迷失自己。他人的闪光点是自己要学习的财富，他人的一切过失都是为自己敲响的警钟。

这个善恶皆有、苦乐参半的世界，既是人一路走来成长的摇篮，又是磨炼心性终要跳脱的名利场。心怀善念就有相应的善行，动机不纯的行为无疑是人间的邪恶。

清清白白绝非外表上的描述，明月般的高洁纯粹源于自心。扭曲的人生实质上是心的变态，只得人不人、鬼不鬼地活着。

人生的这杯苦酒无不是自己所酿造，不管怎么逃避它都在你的面前。承担自己所做过的一切的后果，只要把脚下前行的路走好，未来可期就是个定数。

人与人之间的缘分不可思议，如走马灯般你去我来轮换着。欲停下向前的脚步，却身不由己！这一生我是来报恩的，既有父母恩，亦有众生恩，更有那师恩和国土恩。

春天依然美丽，秋月还是那么皎洁。一颗心历经洗礼，就像佛前一朵莲纯洁无瑕、寂静安然。

踏上这片热土，就意味着要演绎生老病死。虚妄中无一真实，幻生幻度不过黄叶止儿啼，指月之指无非渡河之舟。

七彩光环笼罩着这娑婆世界的人们，只要那一点灵明尚未泯灭，我将用生命来谱写这解脱赞歌。

心还是那初心，愿还是那宏伟大愿。脚下走出人生的辉煌，肩上挑出清平世界。

人本善良

人之初，性本善。原来每个人都是天性善良、充满着爱心的。人先天本无欲无求，只因一念无明，颠倒梦想，三毒炽盛，做了许多违背天良、昧负己灵之事。不少人非以善良为本，总是站在自私小我的角度来行作一切。

有利欲熏心者，非己利而不为，把自身的利益看得高于一切；有妄自尊大者，一贯把别人对他真诚无私的帮助，视为理所当然，无一点感恩的心；有不仁不义者，见别人落难，不但不伸手拉一把，反而在心里盘算着个人得失，更有甚者，落井下石，恩将仇报……

路是人用心走出来的。若心不善，行为则不端，脚下的路也不是正道。长此以往，那肯定越走越邪，越走越偏，越走越危险，待到穷途末路，必将为自己的所作所为付出惨重代价！

昧着良心做事，终有一天会受到自己良心的谴责和道德的审判。凡事不把心摆正，早晚会把路走歪。人心一杆秤，必天公地道，莫肆意妄为。

人本是善良的天使，也是大自然的骄子。当我们都心存善良时，那美好的愿望、祥和的生活自会成真。善良体现了人心的真诚，善良让人感受到爱的温暖……善良是慈悲的化身，最终引导人们脱离忧悲苦恼，归往无忧无虑的境界。

人都有善良的一面，自然有善良的作为。人心都向善时，人与人之间没有距离，同心同德不分彼此。当以此间为历境练心、借事炼己之所；当以此间为自利利他，随行万化之地；当携手共进，比肩同行。荷担天下，共创辉煌。

既不自视过高，也不妄自菲薄，自信而不自负，以平常心应对世间万事。无论遇到什么或发生什么，都要保持善念，不做非分之想，平静而坦然处之。掌握好分寸，把握好尺度，明因识果，真落实为于当下。

善良与否全在人心。心不纯净、不厚道，特别自私的人，善良和他无缘。若善良常于自心流露，时在舍己为人上体现，这人必定是一个道德高尚的人。

善良是博爱的体现，善良是奉献的象征；善良是柔软的心弦，善良是纯粹的真诚。善良是人性的闪光点，善良是感化人心的德行……心有多善良，就会做多少帮助别人、利益大众的事。若无一颗善良的心，怎能用自己的言行在世间来播撒这大爱的种子？

人本不缺乏善良，只是很多人违背了自己的本性；人不是不善良，只是有人错误地把善良当成了软弱可欺。善良是我们先天本有的。回归善良，才是我们为人处世之道。

伪善是掩盖丑恶、迷惑人的逼真装饰；伪善是装成善良、骗取信任的道具。这自欺欺人的虚假善良，往往在事实面前不堪一击！善良不是用来搽脂抹粉、装点自己脸面的，是用真真切切的心，实实在在的行，来助人渡过危难，脱离困苦的。善良不是用来到处炫耀的光环，是用爱他胜自，尽舍无我，默默无闻来成就真心所愿的。有人常把善良挂在嘴上，而不知真正的善良从来不为名、不为利，只是心地无私，任劳任怨地助人为乐。

善良是做人的根本。人若失去善良，就没有了人格，没有了灵魂，也就失去了生而为人的意义。只要人人止恶行善，整个世界就会祥和太平！

感恩由心

人生都是磕磕绊绊地往前走，如风雨里行舟颠颠簸簸总是那么艰难。遇到人生中的贵人扶一把、助一程，那是自己的福报。

常怀感恩的心是一个人应有的品德，也是人应有的行为，更是人知恩图报的天地良心。

那些整天把"感恩"挂在嘴上却心不由衷的人，不能从心灵深处认识到感恩的内涵和意义。发自内心的感恩，是真诚的体现。所有懂得感恩的人，都不会昧了自己的心而忘恩负义。

人常说："受滴水之恩，当涌泉相报。"可真正能做到的人有多少？人可以忘记过往的很多事，但曾受过他人之恩这件事，应刻骨铭心，长记心头。

人生如那谜一般的梦境，让人猜不透、看不清，总是在朦朦胧胧中徘徊。纵千万条路在脚下，也不知迈向何方，最终的归宿在哪里。人生的不堪远不止于此，有物质上的匮乏，有精神上的空虚，有生老病死的痛苦，有无明烦恼的种种不断……这些问题始终伴随着自己，如影随形，阴魂不散。欲彻底突破和化转这一切，必得在自心上看破而又能彻底放下。可以说，人品不好的人做不到，没有感恩心的人做不到，执着心太强的人做不到，不思进取、整天浑浑噩噩的人也做不到。

人的一生不能白白空过，要借助这来之不易的人身升华自己。无德之人不足以载道，人的良知不能泯灭。如果做人没有了底限，人生已不再叫人生。

德不厚，做人就有缺陷。若德上不去，事业也难成就。德是做人的根本，无德之人就是昧心的人，也是不懂得感恩的人。为人处世，如果连做人最基本的原则都失守了，那失去的将是活在这个世上的意义和价值。

感恩，不仅仅是口头上随随便便的一句话，它更是从内心涌出的一番感激之情，无丝毫造作，也不轻意随便。当有恩于自己的人有困难时，懂得感恩的人自然会义不容辞，奋不顾身地伸出援助之手。

感恩的方式有很多，报恩就是实现感恩之心的一种重要方式。有感恩的心，再付之于行动是真的感恩、报恩。感恩之心每个人都应该有，让我们用一颗感恩的心来面对天下所有吧！

道，是人生的路

熙熙攘攘，人间多繁华。

青绢流云头上过，草木无情冷相看。沉浮不过眨眼事，朱楼又吟悲凉调。

世间不见沉浮事，因浮沉难主。辗转更迭几多角色，从古吟唱至今还是那一曲无常调。

起红楼时春有绿，宴宾客处锦上花；楼塌之时春不减色，无人唱哀曲。只因世间流变无端，急急不停，无人驻足留恋于你。

世间事，就如天色无常；世间情，正如流云轻薄。沉浮不定，如何主？人生无常，何为常？

人生路上，能始终与你同曲共调的人几乎没有。人生，注定是孤独的。

繁花落尽，人生尽头，何去何从？几多沉浮尽，究竟归往何处？看不清前方，但一直有观；看不清脚下，但可用心来落脚。希望永远都在前方，只要敢走，脚下就会有路。只要敢追，光明一定不辜负。

路，从心里一直延展，尽头便是我们要去的地方。道，是心路，用生命来铺成。修的是人心，行的是心路。心行如一，定能呈现鲜活的生命。

如果人生还有选择，那不如就选择走心路吧！这条大道上没有厚与薄，没有沉与浮，没有近与远，也没有来与去……万千变化归于当下一念，而现前一念由心来主宰，由心来化现。

心的世界是广阔的，它能含纳所有、尽遍一切，归万物于寂寂如也！心的世界是空灵的，它能呈万物本来之色，化青红黄绿于一元之灵动。

若问心路是什么，且看朱楼红灯又高挂。真正的掌舵人无惧风雨，不怕沉浮。起，任它起；落，看它落。不见起落时，沉浮自然，常然。

心路全靠心来行。在人生路上能活得明了通透的人，一定在道上。失之毫厘，差之千里。道路，即心路；心路，人生路。一念迷处，道不在。心失主，难觅美好。

这主沉浮的，定是人生的赢家。于世事变迁而不见，于世间沉浮而不动，只在心上行，心在道上走。不偏不倚，脚步踏实，正好正中。

　　人生就是一场修行。行道之人便是人生过客，匆匆一生，遑遑一世，只为踏足的每一片土地皆为见证，见证这道途中的一切，见证这道者脚下本无迹可寻。当用心走，人生之路本就是道。

粗茶淡饭，滋养身心

人各有各的习气毛病，只要心有执求，就不会安分！我们之所以修身养性，就是要减少或断除各种欲望，以达清心寡欲的最终目的。

有人喜欢平淡，自然、随意、不过分讲究。日常生活简朴，自律而不越矩。与他人相处，既不自卑，也不傲慢，处世作为平平常常，自自然然，普通而又非凡。

口欲之福，人皆贪之。白开水，灭却心火，当经常喝；清淡饭，消脂刮油，腹内轻松；粗茶淡饭滋养、调理、修正身心，皆不失为便利的好方法。

清清淡淡，行古人之道风。简简单单，在日常生活中自然少了很多麻烦。

把行住坐卧、吃喝拉撒融于生活修行之中。若过于复杂，无疑是在给自己添堵。

纯一而不掺杂，凡所多余俱累赘。奢侈享受的生活会造作太多负担。

如果一个人连贪心都戒不了，也难以把控自己的人生。从整体来看，生活条件太好、太过于优越，的确会障碍精神上的升华。

人贫道不贫，有道真富贵。过眼的云烟不会长久，只有道才能成就永恒。

不是缺少，也不是没有，而是濯尘心，寡诸欲，自净其意。有欲有漏，决定修不成。无欲则刚，必定成大器。

由浓转淡，去繁从简，心始终在道上，一切都往道上会，今生何愁不了道!

炫耀张扬，是愚夫好喜而乐于为之；默默耕耘，拙朴而低调，方不失为智者所躬行。

欲望越多，越难降伏其心。无欲无求，自然有利于身心。人活开了，活明白了，也就能把一切彻底放下了。

安贫乐道行作，无不利益身心；放纵不知收敛，决定一场悲剧。当然，具体采取什么样的生活方式，全在自己!

人活着究竟为了什么

人活着究竟为了什么？有人说为了金钱，有人说为了地位，有人说为了爱情，有人说为了享受，有人说为了活得有价值，有人说为了升华和超越，有人说为了做一个平常人……

这么说也好，那么道也罢。因人生观不同，站的角度不一，所以人的向往和定位也各有差别。在智者看来，世间繁华，一切的物质享受，终将成为华而不实的梦幻般的过往。

从世人的名利心来说，荣华富贵是人梦寐以求的。每天都能在别人的簇拥下，证明"我"的不凡，体现出"我"的尊贵。我能得到这些，那是我的本事；我能享受这些，那是我命里就有……

透过表象看实质。人的思想理念、道德水准不一样，导致出发点、过程及最终目的也是各有所向，各有所取，各有所得，皆在自心。

若真正能看破，肯定就能放下。一切既然虚妄不实，那么，还有什么可追逐的？还有什么可留恋的？还有什么过不去的？还有什么可以束缚自己的？

　　美好的生活是心的显现。你念念不能忘怀过去，你常常对未来充满幻想，但如果你把握不住现在的时刻，你想活得精彩，活得有价值，活得让别人尊重你……那只会是自己一厢情愿！

　　很多人往往不懂得反思自省，总是把自己看得太高。若是有人超过了自己，马上就会起反感心理。时常对人对事存有个人的偏见，不能正确看待出现的问题。若认为有人侵犯了自己的利益，会不顾一切地进行报复和打压。

　　人若能清醒地认识到自己和别人是平等的，应和睦相处、相互帮助，有意见、发生矛盾时，能理智看待，那么，彼此之间并没有不可跨越的大山，遇到事情都可以用智慧来解决。携手共进，走向未来，无论遇到任何艰难险阻，都挡不住前进的步伐。

　　活着就要清醒，做人做事要坦荡，前面的路才会宽广。人的脚下本来没有绊脚石，所谓的"障碍"很多时候都是你自心的一种投射。你脚步迈得稳，步步连起，走得顺利；你脚步迈不稳，坎坷不平，走得艰辛。心能广纳所有，心能周转一切，心能让你活得自在，心能让你得到无限升华……你的形象，就是你心的展现；你的言行，就是你心的流露；你的智慧，就是你心的根本。你所有的一切，就是你心的全部。

　　息心当头，歇下心来，一切妙不可言就在你当下目前，一切不可思议就在你直心应现，一切意想不到的奇迹，无不令你惊叹！你已经回归自然，你是大自然的骄子，你在大自然中本来就拥有这片天地。

你的胸怀容纳所有，你的睿智无畏一切。你的过去、现在及未来，都是你脚下的路，不会停留在你心里。这些幻生幻灭，不会留下一点痕迹。这些只是彩色泡沫形成的"锁链"，虚妄而无实性。因为缺少智慧，你和它缠绕共舞了这么多年，它一直在控制捆缚着你。你越想挣脱出来，它就越要死死地勒紧你。一旦你梦醒了，它瞬间就消失得无影无踪。当你知道一切都将成空幻，那么在人生的道路上，你便迈出了第一步。这一步至关重要，它关系着你人生的终点和归宿。

人生就是这么简单

生活原本平常，并没有什么特别处。只是现代社会人心复杂，将这简单平凡的生活过得一塌糊涂。

人在这个世间生活，需要的其实很少，但执求的却那么多。所以，生活就变成了一种苦恼。既非像古人那般安贫乐道，也不满足于现在所拥有，而是不断地去索取那些本不该属于自己的一切。贪得无厌，欲壑难填，这就是现代人的可悲之处！

很多人不知道这一生所追求的那些名利权情都将成过眼云烟，一生都在忙忙碌碌，好似一只追逐光影的猫，不知消停地上蹦下跳。

我们要明白，人除了有物质上的追求，还应当重视精神世界的充实。可惜绝大多数人都是沉溺在物质生活的享受中欲罢不能。也许是因为在这个世界里物质几乎占据了我们生活的全部，也许是因为我们的感知告诉自己物质的享受才是真正的享受。精神上的愉悦不是没有体验过，只是我们在物质世界里沉沦得太久，它就像生命长河中偶尔泛起的浪花，很快会消逝。

世界之大，放眼望去，众生皆是如此；我们总是离不了对吃喝玩乐的迷恋，也放不下对名利权情的执求。

人若放下各种贪恋，定会轻松很多。人若没有那么多的执着，定会自在很多。是的，只有心无欲无求，人才能安住清净，才能真正地幸福快乐。

那清净的精神世界是如此的丰富而单纯，整个世界会因我们内心的满足而变得无比祥和。若我们真的能找到自己内心的那一份知足，我们也就找到了那一把开启幸福大门的钥匙。古人说"知足常乐"，但在现实中真正能体会到这四个字深意的有几人？真正能看破、放下的又有几人？

是否你所追求的远远大于你所需要的？是否你心里想要的早已超出你一生所必需的？这个世界就是这样的颠倒，让人在那梦幻般的痴迷中不停地去狂奔、去执求、去抓取。直到死，人才会发现到头来都是一场空：积累那么多的财富，终归是生不带来死不带去。消耗那么多的时间精力，终究也是得不偿失，毫无意义。

每天旭日东升，夕阳西下。人们在这日出日落中吃喝拉撒、工作学习……生活就是这么简单又重复，但在其中能活得清明快乐的人有多少？

我们从来没有失掉幸福的资本，只是我们昧却了自己的心；我们从来没有离开过这片净土，只是我们蒙蔽了自己的眼睛。

若要在这个世界上生活得幸福快乐，那不妨就让我们精神上充实一点，生活上简单一点；不妨让我们放下的多一点，执求的少一点。世界上所有的一切也都是这个道理。任何事情不能没有度，满则溢。若能减少欲望，不贪图享受，可能我们的心灵会更加充盈。

在这个丰富的物质世界里太过贪求，往往会导致精神世界的匮乏。两者不是不能共存，只是我们太愚昧，不能在这个二元的世界里找到一个恰如其分的尺度，让我们不去执着，不去盲从。

普遍来说，物质生活越丰富，就越会不断地激发我们内心的欲望，促使我们去追求更多，从而让我们忘失了自己的精神家园。所以，生活在这个世界上，最好能率性天真、清平淡泊。只有这样，我们才能更容易找回那片无忧悲苦恼的天地，才能走进那更加充实的精神世界。

生活本来是那么简单，世界本来是那么平和，只因为我们的心总是不安、总不满足，才会凭空造作这么多的事和这么复杂的人生和社会。

与其背负着沉重的包袱，不如把它放下，让自己轻装上阵，便利前行；与其让那永不知足的欲望将自己填满，塞得无法呼吸，不如让自己顺应自然，随缘得失。

放下对事物的执着，放下对自我的执念。人生真的没有那么沉重，也没有那么复杂。只是想要的太多，而实际需要的很少，这个不平衡致使我们在人生路上走得很累，也走得很冤枉。切记，无论何时都不要被自己那无休止的欲望所驱使，永远都不要相信自己那一颗迷惘的心。

想活在清灵空觉的世界非常简单，只要欲望少一些质朴多一些，不甘少一分知足多一分就可以逐步走进这样的世界。我想，也许这样的生活态度，应该能让我们活得洒脱，活得有价值，活得更加有意义。

粗茶淡饭，并非我们想象中那么艰辛。相反，生活越简单，越能乐享清福。一碗热腾腾的面条，一盘绿油油的青菜，一种朴实无华的心怀……如此而已，人生就是这么简单。

遇事练心，无事清闲

生活赋予了我们太多，有的让人开心快乐，有的让人悲伤痛苦，有的却能让人从高山之巅一下子跌到深深的谷底。

人生太多戏剧性的变化总是让人措手不及，上一秒还在洋洋得意中畅谈人生，眨眼之间就被现实残酷地打回了原形，狼狈不堪。

人一直被无常奴役，迷昧了一个本觉而自主的真我。这一步一步走来非常艰辛，经历了百千亿劫的忧悲苦恼，至今尚未出离那生死的牢笼。

往昔不再，未来的长歌今已开始吟唱。碧波闪烁着夕阳的光辉，红日的升起代表了朗朗的晴天，四季的交替何尝不是一个个轮回。

心的一点灵明，永远不会流逝在时间的轨道上。迷朦后清醒，那是令人欣慰的开始。不似以前那般起心动念，烦恼缠绕不断，挥之不去；也不似以前那般患得患失，茶饭不思，辗转难眠；更不似以前那般贪得无厌，拼命索取，欲壑难填……

这不再执求而能放下很多的一颗心，将不会再做些不切实际的事情。点点滴滴无不历练我心，风雨所带来的皆是坚韧不拔的成长。

人生有很多关卡要亲自过，许多的困境也必须自己跳脱。前前后后，空心对映，什么不是虚妄的？这一脚踏破须弥顶还复我本来身！

曲折的道路当用直心行走，山山水水那是自心呈现的光景。这一曲深远悠扬的天籁梵音，从无明始传至于今，令那一颗尘封已久的心，灵光乍现，跳脱天地间。

尘埃落定，烦恼本空，解脱也只不过是个闲名。迷悟就在当下一念，迷则无期出头难，悟则本无悟何来所悟。

满天花雨只为精进者洒落，而整天懈怠、浑浑噩噩的人，却难承接花雨的沐浴。人间好修行，只看会不会用心，也就是凡事内观，而不是向外攀缘执着。

一个人心量的大小，决定他在修行路上能走多远，以及最终的结果。世事往往非自己想象的那般，修行常常也不是自己认为的那样。人都有自己的习气和不易觉察的妄念，只要没有究竟圆满，那都还在修行的路上。

世间处处皆道场，不以事小而不觉察用功，不以事大而妄想着做好就能成就。不论人的境界高低如何，凡事皆是修行的助力。

在这纷纷扰扰、难以安歇的人生中，以豁达的心态来笑纳这一切吧！遇事练心，无事清修。洒洒脱脱，快意人生！

快乐的生活

所谓的人生，就是建立在个人心态的基础上，运用现有和潜在的能力，在现实中生存及服务于社会的过程。

所谓的快乐，就是在自己想做的事情上得到了实现的满足，以及在某种状态下的幸福感和开心愉悦。

我们生活的世界每天充满着许多不安定的因素，各种各样的灾难和意想不到的事随时可能发生。若想生活过得美好，必须有能坦然面对一切的豁达胸襟和对未来充满希望的乐观心态。逢遇随缘，不攀高求远。淡泊名利，无执迷贪心。平常人做平常事，坚守平凡。如此，方能在每一件事上都得心应手而进退自如。

你过得好不好，就看你对这件事情的认识有多深。若只看表面现象而不看实质的问题，时时处处被一些假象所迷惑而跳脱不出来，你会非常痛苦的，这种痛苦注定了你人生的悲哀。

能看透世间一切的人有智慧、有主心骨，遇人遇事，从容自如。因为他们有不被境转、自然转境的定慧，有解决问题、应对各种突发事情的能力。

一个人若心胸狭窄，不能善待所有，每遇到人事，不是起心动念妄生烦恼，就是把事情搞得一塌糊涂，再不然就是自己有意地跟他人作对。心地不纯正，宽广度不够。欲处世作为，却寸步难行。若遇事能看得开，看得透，而且每件事都做得理智、干净利索，可说无论现在或者将来，在这个世界上再没有什么可以难得倒你了！

每一片天空都是我心怀宽广的展现，每一块土地都是我脚下立稳的须弥，每一件事情的发生都是我调整周转全局的智慧手眼，每一个最终成果的辉煌都是我用心血筑起的长城。

你不想快乐，我对你无奈。你真的开心，我跟着欢喜。我们是一家人，本来不分彼此。你和我同甘苦、共命运，但愿我们都不被眼前的任何艰难所吓倒。

快乐的人生眨眼即过，来年的这个时候还能相见吗？当要珍惜眼前的每时每刻。花儿开得再艳，总有凋零时。所谓的少年黄金时代，也是一场梦幻泡影。你留不住，我回不去，那就把握现时当下，将它的价值充分地体现出来。

人总是向往美好的明天，而很少想到从今天开始必须改变自己。你不把握好现在，明天还是个未知数。你与其盼望美好的明天能尽快到来，不如做好当下事。

有乌云密布，也有艳阳高照。你心里如果没有阳光，这个世界对你来说就是一片黑暗。生活在快乐空间的人，他肯定是无私心、无杂念，看得长远、走得踏实，且每一步都是那么洒脱自在。

要想得到真正的快乐，就得先把自己的心修到位。那心为何物？如何来修？纵观古今，无不在这心上下功夫！你无我，大德任运世间；你无执，智慧自然流露。至达如此境界，为人通透，处事圆融。做人无求，应事无住。

当下用心把握，当下用心化转，当下用心无心，当下无心恰用……无心所事，事事无事。本无一事，何来事生。

快乐的人有快乐的心灵，痛苦的人有痛苦的症结；快乐的人有快乐的人生，痛苦的人有痛苦的历程！你想快乐却快乐不起来，究竟为什么？你想得到快乐却总不能如愿以偿，这又是为什么？

快乐是美妙的天使，快乐是心灵的闪现，快乐是长寿的秘诀，快乐是幸福的源泉，快乐是每一个人都想得到的那份甜蜜，快乐是终身受益而无法想象的超级享受……

生活充满阳光，人人拥有善良，社会公德本就在。适应于社会，受益于社会，再回报于社会。你是这个大家庭的一员，我们始终同呼吸，共甘苦。

从脚下开始吧！脚下每一个坎儿，都是你接近成就的垫脚石，都是你将攀登更高顶峰的立足点，都是你踏浪前行的过路风景，都是你在绝境中走出来的生机……

你的未来，由你的现在所决定。你的现在，被你的未来所鼓舞。你只有往前走，你只有走到尽头才知道：原来这个人生，就是使命；原来这个人生，就是超越；原来这个人生，就是归程。

不能再停滞不前，必须快马加鞭。一脚踏过两岸时，自在人就是你无疑，智慧即你的象征。同合一心处，天下我敢当。四海处处家，莲开瓣瓣香。

你快乐吗？快乐是心造成的！心原本是快乐的，你为什么不快乐？扪心自问，一念当下，两番天地。

明白人自然快乐，天真率性。糊涂人找不到快乐，失却本分。快乐是你自己的志向，痛苦也是你自己的选择！你决定了吗？！

常怀感恩

人不能忘本，忘本之人遭世人唾弃。"滴水之恩，当涌泉相报"，此乃古训。可现在的太多世人，无论在德行上，还是在心胸上，都充满着狭隘自私的我执。

人本来之心性无比尊贵，始终绽放着圣洁的光辉，但如果人的心境达不到一定的高度，他的所作所为既不符合因果自然规律，也不合乎人道常情。

当今现实社会中充满着各种诱惑，要想保持一颗纯真高尚、坦荡正直的心，不但要有善根，而且还需要能时常接受明师、善知识的引导和教诲，并在生活中真落实为，持之以恒地躬身力行。否则，社会这个大染缸，很容易让人沦陷名利场，甚至堕落为令人不齿、无道德底线的社会毒瘤。

人烦恼不断，因不明世间所有的一切都是虚妄不实的。人之所以要体悟人生，就是要看破，学会放下。

若把这幻心幻造的一切识破，智慧化转所有，心的问题解决了，所有的事就不再是事。

道在世间，有缘得遇。在漫长艰辛的人生路上，启蒙领你上路的人，你要顶戴感恩；指正提携你的人，你要顶戴感恩；喝骂棒打你的人，你要顶戴感恩；直教你有省有悟的人，你要顶戴感恩！纵使你拥有世界上所有的财富，都难与此恩相提并论！纵使你有权有势、身居高位，这恩重逾须弥，不得不低头！纵使你是公认的权威、名满天下，在此恩面前，也绝不能昧心！

长江之水连绵不断，只因千川万水都汇入其中。人顶立世间，众所景仰，只因他宽广的胸怀能容纳一切。人具有高尚的品德，就是人间楷模。

做人要懂得感恩。感恩，不仅仅是挂在口头上，更是要用心付之于行，真正落到实处。感恩能反映出一个人的品质，感恩能代表一个人的素养，感恩能显现一个人的德行，感恩能证明一个人没有昧心！

莫执求众星捧月的辉煌，只做乌云满天时那一缕阳光。甘为平凡，这样的人生最有意义；面对一切，常怀感恩，这样的人生最为坦荡。

感恩，是做人最起码的良知；感恩，是人生道德观的体现。让我们都怀着感恩的心，俯仰无愧于天地！

为何活得那么累

人在这个世界上，都想活得开心快乐，但现实却往往难如自己所愿。有执求的心，你想活得轻松自在那是不可能的。若随缘尽心不着，反而能让你时处安然。

你心不平时，世界就动荡不安。可说一切问题都是自心的问题。"心底无私天地宽，人到无求品自高。"人若始终活在自私小我的圈子里面，就会被大众所唾弃，最终被社会淘汰，那你的人生注定以失败而告终。

你为何活得那么累？这一切无不是自找的！只因你不甘心，不安分，不肯撒手，不放过自己。这是你的，那是你的，无休止地去索取，你能不累吗？这也想管，那也想问，整天操不完的心，你能不累吗？自私自利，百般算计，时刻活在得失中，你能不累吗？争强好胜，不甘人下，事事想压人一头，你能不累吗？凡不合自己的意就心存不满，牢骚不断，你能不累吗？动不动就对人发脾气、要性子、撂脸子，你能不累吗？遇到挫折就怨天尤人，怪罢这个怪那个，你能不累吗？百般牵扯，万般挂碍，看不破，放不下，你能不累吗？

你要想活得不累，就必须看得清，看得透，心无迷惑，行为正直。知诸相皆因缘和合，虚妄不实，打破人生这场迷梦，觉醒先天一点灵明。

若不想被世俗常情所缠绕，被无明烦恼所困扰，当放下万缘，了无挂碍。在心上悟，从心上解脱。

人面对的困难很多，其中自心的障碍最难克服。一是对外境的执着，二是从心上不能看透，三是遇事不能转事，逢人不能化人。若赶上始料未及的事，那就更不用说，只会瞎折腾，徒劳无功！

如何坦然面对所有？只要洞彻明心，就能知心妙用。只要心做主宰，就能化转一切。若迷昧了自心，你无论做什么，都一塌糊涂。

我们知道所有的外境都是自己内心的投影，无不是幻心幻造，有相皆虚妄。只要你不当真、不较真，就没有执着，就没有是非，就没有烦恼，就不会心累。

你为什么累？因妄念太多，欲壑难填，休歇不了这个执求的心；若能降伏自我，息心罢手，无事一身轻。

你为什么累？因心无明！若明心见性，洒脱自在，此累何来！心无挂碍，究竟放下，自然合道。不染着任何，智慧常流露，率性天真，任运逍遥。

花的绽放，是因春天的到来。你心充满了阳光，就不会有密布的悲苦阴云。若人生出现挫折逆境，不要着急，不要烦躁，那是历练成就你的摇篮。相信自己一定能踏过黎明前的黑暗。

在心上下功夫，唯心可以解脱。了达心如寒潭清水，映日月星辰、山河大地，任来任去，闲云自在，多么美妙。至此，世事诸相，人间百态，都在你心里像烘炉融雪一样点滴不剩，无影无踪。

逢遇当下，随应作为而无执一点，你已经活开了，玩转了，没有任何困扰了。如是，烦恼无生处，何累之有？

欲达这般心境，就必须把心量打开。若肚量不大、心眼小，装不下一点一滴，你想容纳所有，在现实中如鱼得水、穿梭自如，犹天方夜谭。

人人若都能在本分上做事，社会将是一个祥和的社会，世界将是一个太平世界。你心不安分，就会烦恼丛生，心累身也累，难得清净时。到头来白首空过，枉活一生。

想超越解脱出来，得有真正的智慧。这样，就能看破一切，就能周圆一切，就能拥有所向往的一切；这样，就能起妙用，就能转物化境，就能随缘应机利益他人。处万事万物，于身心自在，破顽意，做真常，皆达一真。

要想活得不累，不要有任何执求心。要想活得不累，应化转一切烦恼事。要想活得不累，当看得开、放得下。要想活得不累，必自净其意心无物。

其实累与不累，都是你心中的妄想。若遇即应，应即了，应过无一留，还有什么？纵观世间所有事，唯心明了最彻底，唯心解脱最自在，唯心所事最周全，唯心无私最高尚。无私乃无我，无我则无不是大我。

你有没有私心，自己清亮，人所共知。昭昭灵灵，当俯仰无愧。心不通明，世界就漆黑一片。若心透亮，就没有阴暗的角落。空手弹无弦琴，最妙；信口吹无孔笛，最不可思议。累不累当在自心。自心的境界如何？只要不昧就行！

心不平，人难安

人之所以有时表现得失常，甚至丑恶，是因内心的天平倾斜，已经不在正常道德的范围。人心不古，始终争名夺利、钩心斗角的人，每天都处在自私与不安之中。

若能淡泊自抑、返璞归真，整个人类社会将是无限和谐、一片光明。若能放下一切，心胸坦荡无私，天下为公，"先天下之忧而忧，后天下之乐而乐"，这个世界就是一个太平的世界，祥和的世界，无我自在的世界，是人间天堂。

人们的向往，是各种理想化的追求，及其不断地改变和无限地扩展。一旦没有了这些，人就会感到无所事事，失落而心里不踏实，迷茫而惶惶不可终日！

若以平常心看待一切，任运度日，随缘得失。该得到的自然会有，不该得到的也强求不来，还有什么可以执求的？还有什么值得留恋的？

人无欲无求，即得法合道，日日平安，天天欢喜。若心不平时怎么办？能放下所有吗？还有什么想得到的？得不到时心情如何？

得到时又该如何对待？幻事幻相皆无明心造。若了知本自真心妙明，还有什么能迷惑自己的？还有什么可以让自己烦恼的？

心平天下平，不平妄相生。若无执心，哪个人能障自己的眼？哪个事能碍自己的道？哪片天不是自己翱翔的长空？哪片海不是自己泛舟的沧溟？

人在清醒欢乐时，世界充满着阳光，没有丝毫的阴影，没有阴暗的角落；在迷昧忧伤时，天要塌了，地要陷了，窒息的气氛，就像世界末日将要来临一样！

心在平静时，一切都是那么美好，犹用之不竭的源泉，一泓清水自成溪；似沐浴全身的甘露，春风化雨润人间。

心不平静时，无尽烦恼的思潮汹涌澎湃，有时强烈冲动或极端的念头势不可挡，顷刻就会把自己淹没，瞬间就会把自己葬送！

茶饭不思的是谁？辗转难眠的是谁？出不来这烦恼坑的是谁？想解决却无能为力的是谁？最后苦不堪言的又是谁？

心地无私品自高，至达无我之境界，每个人都是天使。若心充满着私欲，不光明磊落坦荡荡，魔鬼就是自己！

始终保持心平气和，自然祥光满面。平心看待所有事，随缘顺行自分明。能于一切和睦相处，无异于修心养性。遇事不逃避事，遇事不执着事，遇事直应事，遇事事了事。无事一身闲，好事不如无。

大好时光不能白白浪费，岁月的流逝确实很可惜。不能再被动消极地等待，我们要只争朝夕！让自己活得自在，让自己活得洒脱，让自己活得有价值，让自己活得有意义，让自己做时间的主人……

若能如此，还有什么能捆缚自己？还有什么能左右自己？还有什么能难倒自己？还有什么放不下的？还有什么过不去的？

一切安好时，自己就非常快乐。若起情绪时，就被境缘事相所转，就被人我是非所左右，失去了平衡，没有了定慧，无观察判断的能力，更无处理解决的办法。扪心自问，此时我们还能做什么？

内心不能乱，时刻要有正念。平心而论，自己是否能善待所有？自己是否对得起天地良心？自己是否为人处事真正公平？自己是否人无偏见？自己是否做过亏心事？

人所得到的，就是自己通过不懈努力获得的结果。人所失去的，就是因人格缺陷应付出的代价。路是人走的，心是自己修的，德是逐渐积累的。

若不能看好心，守住心，任谁也无奈。心是自己把握的准绳，而行为是自心的显现。心性不稳，心浮气躁，心高气傲，自命不凡，肯定不得清静安宁，更别说处世圆融。试想：若无立足之地，那么如何去做自己喜欢、自己想要做的事呢？

不无事生非，歇心即安住，四时呈吉祥，好人一生平安！祈愿在人生的道路上，没有天灾人祸，没有挫折磨难，没有身心病苦，没有任何遗憾……平平常常，花好月圆，得意人生而幸福美满！

越无能越好发脾气

在现实生活中，有些人平时看上去修养很好，可一旦遇到不合自己意的事儿，就会心生不满，大发脾气，甚至动起手脚来，不能自控，以至与人结怨成仇。

动不动就发脾气的人嗔心重，心不柔和，素质也不高。这样发脾气，对常人来说是无能，就是没修为。

世间乱相纷呈，但自己的心要清亮。若遇人被人扰，遇事被事障，遇境被境转，遇缘被缘染，那你着相了。心迷就做不了主。

脾气暴躁的人火气大，一点就着。心胸狭窄的人不坦荡，易恼羞成怒。只要脾气一上来，就一发不可收拾，百害而无一利。

不是他人惹你生气、让你发脾气，而是你没有足够的定力守护好自己的心。外着相、内心乱，很难从中跳脱出来。

发脾气的人，情绪一失控，脸色就不好看，行为很可怕。这心魔在作祟，当悬崖勒马急回头！

　　有时你虽然知道发脾气是没有用的，不能解决任何问题。可那时你为什么就是控制不了自己？应深刻反省，知错改过，否则，人一旦到了不可救药的地步，那肯定是一场悲剧！

　　人生百态，心有多面。你想用自己的标准来要求所有人和所有事，那是不可能的。他人有过错，不要把人看死。他人有失误，不要全盘否定。他人的所作所为，不要妄测，武断下结论。对于过去的一切，不要耿耿于怀、斤斤计较。要扩大自己的心量，提高自己的德行，增长自己的智慧，心平天下安！

　　逢逆缘，要用智德来化转解决；逢恶缘，要用悲智来救度接引；逢善缘，要珍惜，不随便离戏看得轻，不背信弃义、以怨报德；逢法缘，要一心相应相合无二意，不负承接。

　　事有多面性，人各有自己的角度和想法，只有智者才能看得明、看得透。在利益冲突面前，要共同友好协商、妥善解决。世上没有绝对的公平，只有相对的合理。随遇而安，知足常乐。

　　事情既已发生，首先平静自己的心，再把事情的来龙去脉搞清楚，处理起来才得心应手。若不管三七二十一，就知道发脾气，不仅自己身心受损，还伤害了他人。

　　人生在世不如意事十之八九，你要端正自己的心态，泰然处之，让顺的更顺，把不顺变成吉祥如意。若提不起、放不下，整天愁眉苦脸，萎靡不振，再怎么痛苦也无人能替代你。若前行不成，后退不得，你又如何能迈过自心的坎，取得实质上的突破？

道是心上路，智德来行使。纵境缘万般，心念一转，一切事都不算事。有德往往因祸得福，有智时时不生烦恼。道在脚下，事在人为。

若能放下自我，坦然面对一切，点滴当下皆是你前行的助力，悟道的因缘。发脾气是无明习气的一种，用心制约，用智慧铲除。人心平，自宁静，脾气无生处。

修心重德是关键。若经常闹情绪、爱发脾气，德行不佳，实则有漏修，无时不在造业。若能掌控那颗不肯歇息的狂心，它就不会肆意妄为，泛滥成灾。

如何才能没有脾气？善待所有，恭敬常起。平常取低位，时处修忍辱。无我相，无我执，无欲无求，即空明自在。

怎么做才能不发脾气？做一个有理智的人，做一个有定力的人，做一个有德行的人，做一个有修悟功夫的人。

境界现前，不能逢物化物，遇事了事，证明你没有智转能力。若一味地发脾气，只会让事情越来越糟，反而增加解决事情的难度。这更加说明你无能。

　　无能的人，时常发脾气，好用情绪来掩盖自己的无能。这是因为他们不敢面对问题，即使面对，也没有能力解决。其实他们的内心很自卑，不愿意承认自己无能，还装腔作势，标榜清高。

　　世事本无好坏，只随缘尽心。无论顺境逆境，皆是修悟的过程。沿途的风景再美好，也生灭有时。一切都会过去，一切都会烟消云散，莫停下你前进的脚步。

　　有些事不是不能解决，只要你心平气和、不起情绪、不发脾气，就不会情生智隔，问题就会迎刃而解。凡事只有看得透，方能玩得转。这样，做每一件事情都那么自信，胸有成竹。

　　脾气发不得，发脾气乃黔驴技穷；发脾气易走火入魔；发脾气是害人害己；发脾气根本没有定慧。

　　没有脾气的人，不但不争强好胜、生是非，做事平和、过得滋润，而且还宽宏大量，不怕吃亏，修为高，易得大成就。

　　有人发脾气是在演戏，不动真心，目的是为了他人能从中受益。若发脾气动了真心，那你根本不具做此事的能力。

　　你发脾气落了一身烦恼，可他发脾气犹棒喝当头直教人断除烦恼。这就是智者与凡夫之区别。

心，一点即透最为明快。路，一步一步地走最踏实。脚下是你心行的路，是正是偏，全在自己，无关他人。

鲜花甘露，那是芬芳的气息。若人心能像莲花一样出污泥而不染，你的心境定不可思议。脾气由心生，当由心灭。还发不发脾气，就看你自己的了！

越是逆境越容易成就

生活不是一件容易的事，有时即便很努力，也可能得不到你想要的结果。若想要成就，必得有坚固的心，笃定的信念，以及足够的定慧来化转历劫，来破除内心的烦恼。在这个过程当中必定会遇到很多阻碍或陷入意想不到的困境。若无随应无住的功夫，你脚下的路肯定崎岖不平，每一步都会迈得非常艰难。往往你过去了一个坎，又出现了一个坑，接着一道墙又挡在了你的面前。

人世间，各种各样的善知识都在导引你、启点你、警示你、锤炼你。万事万物皆可为师，就看你有没有那个悟性。顺风顺雨，没一点逆境障碍，你很难有所进步。只有通过人和事的历练打磨、试探考验，你才能更上一层楼。现实生活中的一点一滴，都是你的必修课。处应世事，能把握分寸恰到好处，左右不偏，中道圆融，这就是非常而又平常的达道人。遇则应，应即了，一切自然而然。

人心不古怎么办？你只要心清亮，看守好自己这一亩三分地，处处皆安然。人对你不恭敬、说三道四，你不要放在心上；人对你有误解，甚至污蔑诽谤，你也要淡然处之。无论他人怎样对你，你都要用无我的心境来面对所有。

视一切平常，遇喜不喜，逢忧无忧。外不着相，内心清净，犹一滴清水映现自然万物，千姿百态，五光十色。你的心要像它一样晶莹剔透，过而无影，了无痕迹。若无德少定，没有智慧，没有修为功夫，你的心乱了，意纷扰，妄丛生，你想借助世事修行，那是不可能的。

人我是非面前见真功。无论他人对你说什么，你都不动心、不着相、不被当下境界转，这不是定力是什么？这不是性慧妙智是什么？无论他人对你做什么，你都当成是修行，这不是悟性是什么？这不是善用其心是什么？

在人我是非中，守好自己。在名闻利养前，莫被染着。熄灭贪嗔痴，断除爱憎取舍。当降伏其心，自净其意。

顺境中容易放逸。若常在顺境，人会沉溺于一种愉悦和享受中，很多时候都无法再深刻地去体悟人生的真谛。逆境中最容易成就。若逆境来了，你的心能做得了主，化转它，那就没有什么逆境可言。若逃避，或在逆境面前俯首称臣，那它就是横在你前行路上一座不可逾越的大山。

逆境并不是坏事，它能让人突破自己的极限去承受各种压力，去做好看起来不可能做到的一切。在有违人之意愿的逆境中，人更可能看清事相的本质。

若执着这逆境，你早已住着在里面。若拨开这事相，当下所呈现面临的这些，究竟是什么？在有无中你有着一番分别执妄的心，在逆境顺境中你承受种种的觉受和感知，在漫漫道途中你将举步维艰。

每一步都想真真切切地去做好，但这一步走得究竟如何，当因心而论。有人陷入困境，无法窥破这困境的表相，苦苦支撑，希望能熬过去，实现突破。很赞叹这一份坚固的道心，但这却不是得力的好方法。你一旦有一份所受，有一份所熬，你就已经陷入无明的深坑里。

若你能识破这眼前的障碍本来空无，当这一脚迈出时，自然是坦途一片。难易全在自心。若能透脱转圜，那一切境缘事相不过是你心中的妄想。若彻明这一点，你当下顿断了所有，每一脚都熠熠生辉，每一步都时处快乐。此时，还有难易之说吗？还有顺逆之论吗？

若有人步步直踏，在直心中应为一切，无论面对顺境逆境，还是是非有无，皆以直心相为，在直直当中，处处无住一点，更无任何困缚。颠翻倒挂，横捏竖弄，把将日月，拨转乾坤，任运腾腾，一掌尽握。你说他还有深坑浅洼之别吗？你说在他面前还有个顺逆之境吗？你说他自在不自在？

可谓顺逆本无，有无皆非。只在此对空对影中说一番逆，说一番顺，任由提放，自在拿捏。这言逆道顺，皆为直心所意，应机而言。

逆境顺境皆因缘所致，你能驾驭它，它就是你的道具。若你被它所转，你就会被它制约、不得自由。

人生修行，不能以后天意识心作为而行使一切，应开启先天智慧周转所有。若能找到这一点，你的心便通体透亮，整个世界皆因你心的闪耀而呈现无量光明。

无畏逆境! 逆境就是当下用功的机缘; 逆境就是锤炼成长的最好功课; 逆境就是令人历经风雨见彩虹; 逆境让人凤凰涅槃、浴火重生。

被逆境吓倒的人，没有担当。只会听天由命的人，自轻自贱。试想人不经大风大浪，又怎能迅速成长呢? 逆境现前，不仅要坦然面对、尽数笑纳，还要心存感恩。如是，欲得大成就，那就在逆境中修行，就在逆境中体悟吧!

关键时刻看人心

一切世事所为，总不离心之妙用。能放下所有，而随应无住，一定是个洒脱自在的人。若整天心事缠绕不断，肯定是个充满烦恼的人。在当今社会中，我们如何把握自心，把潜力发挥到极致，把事情做得更好？这需要我们有健康的心理、圆融的智慧和高尚的行为！

假如哪天有事情发生，我一定会奋不顾身来帮助别人化解周转、渡过难关。相信多数人都是这么想的，还有很多人也是这么说的。可是，当事情真的发生时，为什么就不是那么回事了呢？符合自己的心意，自己高兴，一切事情都好办，没问题；有背自己的心意，自己不快，所有的事情都不想做，也做不好。有些事情的结果，非自己所想，只怪别人而不检讨自己。不是怨天怨地、宣泄发牢骚，就是无端指责别人这不对、那不行，再不然为了自己的名利及要达到的目的不择手段！

"人之初，性本善。"我们每个人都本具善良诚实的品质、心地无私的美德。不过因社会的演变、人为的辗转染着而世风日下，人心不古。乱象丛生，纷纷扰扰，人逐渐变得越来越自私自利、不可一世！

比如我们生活在这个地球上，完全可与一切和平共处。但因我们的自私贪婪和过分的自以为是，你争我斗、杀戮不断，肆意破坏生态平衡，严重违背自然规律，把地球搞得千疮百孔，满目疮痍，破败不堪，惨不忍睹。

时至今日，我们若再不警醒，继续强意所为，一旦铸成大错，其结果可想而知，那肯定是一场毁灭性的灾难！如果人类居住的家园没了，赖以生存的空间没了，究竟谁对谁错暂且不说，包括你我在内所有的生命都必将死亡，到时我们还能做什么事情？还要下决心完成那狭隘自私的"伟大创举"吗？还要不停幻想着实现所谓的"宏伟蓝图"吗？还要振振有词为自己无知的行为辩解吗……自己把自己逼上了绝路，自己把自己置于死地，那可真是一场让人酸楚无语、难以接受的悲剧！

我们脚踏这片大地热土，享受着大自然的恩赐，就应该珍惜和爱护它。我们不能随自己的偏爱习气，按自己的怪异想象，来做一些愚昧而不可控的事，从而造成难以弥补的损失和遗恨千古的罪过！

我们必须歇心息心，平静下来，反躬自省，总结经验，铭记那些血的教训。应知所为一切事，有因就有果。若从因上着手化转，事情往往就简单得多。若等果到来时，才开始解决这个问题，那就比较棘手，甚至回天乏术！如果只看事情的表面现象，肤浅易被迷感，不知从哪里下手，该如何下手。若明白事情背后的真正原因，就能当机立断，斩草除根，以绝后患。

这个阶段有这个阶段的事情，那个时期有那个时期的情况。若阴差阳错搞混了、搞乱了，世界就会变得乌烟瘴气，一塌糊涂。做人做事都要对得起天地良心，若违心不道德、缺失公德，多行不义必自毙，肯定会受到自然法则的严厉惩罚！

既如此，怎么做才能顺其自然、回归自然、自然而然？无私天地宽，无欲得清凉，无求品自高，无我无烦恼。老实本分为人处世，时处平常随遇而安。不负本心，不昧己灵，天地人一合，无不呈现一片祥和之景象。

如果灾难不可避免即将来到，或者已经来到，我们是否能放下一切，勇于直面，舍身无惧无畏，心甘情愿，无怨无悔，用全部精神和生命，为社会、为他人做最后一番努力，给自己一个俯仰无愧的交代？关键时刻看人心！

不要幸灾乐祸看别人的笑话，要用一颗博爱的悲心来善待所有。不要袖手旁观、置身事外，要做一个诚心诚意的参与者，与大家一起共同进退。

虽然黑夜来临，那只是暂时的，黎明很快就会到来！相信一切不幸、恐惧和担惊受怕的日子很快就会过去！莫过度思虑想得太多，要做好当下的事，有希望就有未来。

　　永远向往善良，永远保持真诚，永远爱他胜自，永远坦荡无私……其实我们的心海和自然宇宙一样广阔，容纳百川，涵盖所有。有事起妙用，无事归寂空。纯真心一片，天地自作证。

善待人生所有的相遇

人这一生会遇到很多人。善缘也好，恶缘也罢，都是缘。每一个缘分，都不是无缘无故的。缘来了，顺应而随它了却。缘尽了，放下者必定洒脱。已过去的，就让它过去。未来到的，也不要多想。珍惜眼前的一切！

幻化的世界没有一点是真实的。迷梦中的人，充满欲望，都在拼命地捞取所执求的东西。路，是宽广的；心，是多变的。这就是无常！

人有千差万别，缘有深浅多少。彼此之间有缘分，以惜之明达，以尽了至上，以解脱为目的。俗缘在迷情，常常纠缠不清。道缘始终在道上，旨在归元。

人总是站在自我的角度去看别人，眼里不揉沙子；而对自己的问题，既不愿反省，也不喜欢别人善意的提醒。

这一生能遇见，有缘当珍惜。莫因自己的好恶、喜厌之心，去分别相待。要善待人生所有的相遇。无论善缘恶缘，都要随缘了缘。逆缘最能历练心、锻练人。顺境极易使人懈怠沉沦下去。

智慧，是解脱之根本，是处世之妙用。智不生，心不明，则盲眼瞎路；慧不达，脚不正，哪条路都斜。

心量之大，大无边际。天地方圆，识心作意。人只要了达无我之境界，无烦恼，洒脱自在。

智慧是悟性，智慧是心灯，智慧是力量，智慧是光明。有智慧，处世应为就能通达圆融。

既相遇了，就要好好善待。若抱有无所谓的心态，就不真诚。但若过了头，时处执迷着相。缘缘相继不断，难有出头之日！

逢遇一切人与事，正是历炼、打磨、提升自己的最好机缘。用一颗慈柔的心去善待所有，用一颗向道的心去体悟大道，走好脚下每一步。

缘因心生，事在人为。脚步有曲直，方寸灵明只一点。缘聚缘散缘无常，不增不减本不变。一切既由心生，那还从心了。

余生无多，时不待人

风风雨雨几多载，走过春夏秋冬的季节，历经了太多的人情世故，从对世界充满新奇到逐渐平淡下来，这仿佛是一个怪异的梦，却又非常真实地在自己眼前一幕一幕地出现。

人生就是这样，在不知不觉中由儿时到少年，再到长大成人，直到古稀年迈。这是一朵含苞欲放的花，朝气蓬勃；这是一朵令人羡慕、正在绽放的花，光彩照人；这是一朵几乎凋谢已经枯萎的花，在无常中延续着那随时都要逝去的生命。

辗辗转转几多载，迷梦一场几时醒？
岁月无情催人老，且看黄花开又落！

纷扰杂乱的人生，给予人的皆是劳劳碌碌与惴惴不安。迷则烦恼无尽，只因一片乌云遮盖了那灿烂的阳光。

小桥流水依旧哗啦啦地响，风还是那般由枝条树叶呈现她的容颜。几分喜悦难胜太多的愁苦，令人在这虚妄幻化的世界里漫无目的地徘徊着、挣扎着。

心头的迷惑使自己看不清前方的路。每当有不好的事情发生，承受压力、不堪重负的唯有自己。清凉的明月于空中高高挂起，可人的心还是那样糊里糊涂不能做自己的主。

这时，已没有了儿时的童真与纯洁，只是万般苦相笼罩着自己。难就难在自己无明愚昧，脚力不济，前程也只不过是个模糊的概念。

清明时节雨纷纷，带给人多少忆念和追思。撒手人寰是人生最后的无奈。这红白喜事每天都在不停地演绎着生生死死的轮回。

人生就像天上的浮云，风主宰着他的一切。没有了自我，只被那风所左右。这就是人生的悲哀！

人要砥砺前行，圆满此生，就要打开束缚自己的枷锁，解脱生死，使自己有限的生命升华到无限的空间。清净喜悦之境，非人间言语所能释解描绘。心无烦恼，是非不生，脚下极乐地，时处皆安然。

人生第一要事，就是即世必须解脱。这关系到人生的价值和意义，关系到自己的法身慧命，关系到能否平安过渡和升华……

人生是改变命运的最大机遇，生活是历境练心的最好道场。把握每一个当下、践行体悟，来成长自己，成就今生，不留丝毫遗憾!

眨眼即逝的青春年华,千呼万唤不复返。时光碾压不切合实际的幻想,待清醒时刻早已遍体鳞伤,往事不堪回首。

不能再浑浑噩噩地把自己的人生断送,这灵明一点不曾昧却,只愿早日全然乍现。

余生无多,时不待人。当不负今生来一遭,莫待生命倒计时才想起这人生真正的目的!

拼此一生做个闲汉

山路十八弯，盘旋环绕，实难到达那山顶之上。峰峰相连，道道相通，没完没了。人这一生不过是在路上行走。爬过了这个坡，走过了那个岗，始终还在路上。

在这路途中尽赏了美景，看罢了鲜花，可心中依然惦念。拾了一枝，抓了一把，还是舍不下。越走越远，越拿越多，那脚下的步伐就越发地沉重。

距终极目标尚远，人早已疲惫不堪，一步比一步艰辛，一脚比一脚困难。遥望着第二峰头，好像还有一丝冲劲儿，一点动力。若努一把劲儿，还能冲顶。然而，欲往前走时，身负的包袱却让自己心有余而力不足，举步维艰。

人生的路就是如此。正因为人心中有太多的放不下，太多的惦念，这沿途的风景最后都成了我们心里的负担。在提不起、放不下时，我们早已成了这贪欲的奴隶。

我们一直在不停地赶路，总觉得前方有更加美好的际遇在等着我们，总觉得下一个峰顶就是我们所向往的目的地。因此，人生之路永无停歇，盲目前行，不知终点在哪里。

这路途上所捡拾的"宝贝"，每一个都占据了我们心中的一个角落，每一个都成了我们难以割舍的一块心头肉。心被堵得水泄不通，再也装不下任何。

一丝不挂，孑然一身来到这个世界；三十而立，我们缠缚不断，难弃难舍；花甲之年，我们伤痕累累，桎梏难消；古稀之时，我们老态龙钟，满脸皱纹，人生也进入了倒计时。十之八九，人生都是苦难无奈多，欢乐自在少……

反观这一生，就会发现，缠缚我们的就是那些虚妄不实的东西——名的光环，利的诱惑，以及难缠难解的一个"情"字。重重地裹缚，紧紧地包围，致使我们不能轻松前行，始终被这沉重的负担所拖累。

迷茫的我们很多时候只是一个劲儿地往前走，让自己迷失在这两旁的风景之中不能自拔，却不知道这一生、这一路究竟是为了什么，走这一遭究竟有什么意义。所以，我们生活在这个世界上，无论什么时候都需要留有一分清醒。

这个物欲横流的世界，让我们活得很迷茫，活得很累。倘若内心尚存有少许的空间，还没有完全昧却那一点灵明，也许我们就能知道人生真的不需要那么多。

人在呱呱坠地时，赤条条，一无所有。那为什么在弥留之际，我们心中却有那么多的不舍呢？这就是看不破这个世间的迷幻虚妄，着在了这些色相之上。不是喜欢这个，就是贪恋那个，终究没有一个能放得下。这些七情六欲就好像迷魂汤一样，让我们不自觉地一碗一碗地喝，一次一次地陶醉其中，继而不停地自我伤害，最后千疮百孔，遍体鳞伤。

有时我们似乎将要从这人生中悟出什么道理，正准备放下对这世间所有的执着时，下一碗迷魂汤又来了……就这样一回又一回，搞不清东西南北，我们彻底失去了自己。这人生之路走得真的很苦、很难、很沉重。

既然能认识到这些，为什么不能放下？为什么不能在这境相变幻中看透它的本质？只因我们没有智慧，才一次又一次地被迷惑、被陷害。若真的能放下、舍去这一切，那我们便能在这人世间潇洒走一回。

可真正能做到的有几人？你我同是生活在这个世间，也知道这个世界中各种诱惑的力量有多大，很多时候确实是身不由己。但既然生而为人，有这样一个机会，让我们能解脱出来，寻求智慧大道，那我们为何不为自己拼搏一把？为何不在这险难绝境之中找到一线生机？

　　我们应该时刻反思自己，为什么非要一次又一次地做那扑火的飞蛾？一次又一次地自投罗网？一次又一次地自食恶果？人生的教训让我们活得半梦半醒，而能从梦中彻底清醒的那些极少数人，他们对自己够"狠"、下得了手。他们勇于袒露自心最不堪的一面，为自己剜疮挤脓，去烂除糜。他们为自己抽丝剥茧，层层减负，以便尽早复本还原。

　　当然，改正习气，把一切彻底放下，可说这是一个非常痛苦、饱受煎熬的过程。但这个世界时刻都在告诉我们：人生很苦。若不抓紧这一世的时间来为自己寻找一条出路，认清人生真正的意义和最终的目的是什么，那我们怎能洒脱地走完这人生路，怎能在临终时安详地离开，又怎能在这缘尽之时自在而往呢？

　　面对生死，能坦然地说 yes 或 no 的人终归是少数，能掌控自己生死的人更是寥寥无几。你看，世界上的人不管再怎么厉害，再怎么优秀，再怎么被众星拱月般地包围，当大限来临时，那也只能是痛苦不堪，身不由己，做不了主。

　　而在临终能洒脱离去，能自如选择的，那一定是放下了所有执着，曾经对自己"狠"过、往死处"整"过自己的人。人生是一条不好走的路，既然这样，为什么不选择一条能为自己带来无限光明的道路？为什么不选择一条能让我们解脱生死、圆满成就的路？

　　人这一生无比珍贵，这一个机会也非常难得。不如让我们对自己再"狠"一点，不如让我们放下一切执着，为自己抽丝剥茧，为自己扒皮脱骨，为自己剜疮挤脓……从而找到那一个真正的自己，那一个活脱脱、不生不灭的本我。

人生本来闲洒，只是庸人自扰。人总是凭空地为自己增添那么多的负担和烦恼，怎能做一个逍遥自在的闲汉！闲汉难做，只因人心不死。人心常累不知歇，若真能息心歇下来，何尝不是一个洒脱自由的闲汉！就让我们放下这个"我"，放下一切执念，放下所有贪求，放下对世间的种种不舍，拼此一生，做个闲汉！

一笑足以慰平生

人生的苦难有很多。人在呱呱坠地哭声中降生，在种种烦恼的痛苦中成长，这是人生的常态。

三十而立，有多少人能做到？随着岁月无情地流逝，身心疲惫，逐渐年迈多病，这一生注定是一场无奈的悲剧。

如同一朵刚刚还在绽放的花，眨眼间就凋谢，没有了光彩。人生无非如此，妄想把那一时的快乐变成永恒。这无异于痴人说梦！

安心确实不易。不甘人下、攀比心强是普遍现象，而本分之人常知足，既能贫中乐，亦能富中安。无论逢遇任何，皆能以平常心而善待之。

高山之巅，一轮空明悬挂。转动乾坤，无纤毫影迹留存。若心如是，其清净之光辉尽耀三千，无一不在里许。

东有旭日出，西有夕阳落。两边两番意，不知即一圆。糊涂的人不在少数，清亮的人没有几个。短暂而又漫长的人生，留给人们的总是难以愈合的伤口，难以抹平的伤痕。

　　求而不得带来的遗憾，得到又不知珍惜的后悔，欢乐相聚的时光总嫌太短，长久分离的愁苦着实让人受尽煎熬。平常太过于安逸的日子不想过，非得折腾个够，折腾到灰头土脸，才不得不惨淡收场。

　　人的顽固和多变难以想象。刚刚还在赌咒发誓，转眼就换成了另外一副嘴脸。好了伤疤忘了痛，是人的通病。对名利的向往，深入骨髓，欲罢不能。权情的诱惑，迷昧自心，走火入魔。

　　满目疮痍心悲凉，心路走出这般样。枉为今生来一回，到头依旧路茫茫。有谁想要这样的人生？可因无明愚昧造就，不要也得要，由不得你！

　　看清人生的一切，用心改变命运。一切都会成为过去，直面人生所谓的种种苦难，恩怨情仇，一笑足以慰平生！

第二章

战胜自己

路是心路，是我们的人生。始在哪里？终在何处？恐难言明、道得清。山河大地，风光依旧，能将其一览无余的人有谁？不曾回头，只因脚下就是绝路；不曾遥望，只因落脚踏出生路。

面对自己，无法相说。面对世界，无法吐露。摇旗呐喊不断，当每一声都穿透时空撒落在自己的心底，此时方知前方有路，对面有景。落脚分明，不昧就好。在路上，不找自己；在路上，不觅两岸；在路上，只是在路上……

会用心修则得力，因功夫用到位了；懈怠消极者艰难，只得过且过罢了。如何走好当下每一步呢？还得老实！不要看过去的种种荣耀，也不要期盼未来的光芒，只照顾好脚下，砥砺前行。

人生路即修行路，要好好地走，用心走。路有长有短，但修无止境。不要希求路的尽头将会有什么风景，也不要回望路的起点还落下了什么。既在路上，就要步步连起，脚踏实地。其实只要体悟到每一脚即心的终点，那脚下自然步步生辉。

无有归期，只因盼望之时早已失却了当下！不觅即是本，不失即圆满。修在自心，行在道途，这所有的人都在路上。此是一种态度，谦逊恭谨；此是一种格局，路本无路；此是一种智慧，本无增减。所以，路就在脚下，当真落实为。珍重！

皓月长空

古今唯一

甲辰 海法

退一步，并不难

人人都有理，没有绝对，只有相对。会讲理的人太多，但压根儿就没有讲理的地方。

自认有理，是站在自我的主观角度而言。人往往仗着这所谓的有理，就像手持号令的将军一样，意欲号令于天下。

然而，却不知天下的人都是自己世界里的将军，人人都有尚方宝剑的加持。那这样的话天下岂不大乱？常言："有理走遍天下"，这个"理"可不是号令三军的令牌，更不是任意横行霸道的尚方宝剑，而是一种有节有度的理性。

人当明，世间事不可能事事都如己意，更不可能时时都顺自心。人与人相处，利益冲突的时候总会比目标一致的时候多。所以，容得下异己，纳得了逆言，有矛盾时能换个角度想，自然能理解对方的立场；有障碍时停下来看看，也许会有更好的出路。无论何时都不要只想顺己之意愿，一意孤行而不管现实情况、不顾他人死活。这就是人生中的"退一步"。

可谓退一步海阔天空，退一步智慧自生，退一步人我欢喜，退一步本是向前。

面对人生中的坎，不要急，有时退一步再往前走，动力更足；面对人生中的沟，不要怕，这时停下来想想办法，省心更省力。

退一步，是一种人生哲理。让那些整天与人斗，于事争，同时间赛跑，为追求而拼命的人都放松一下自己，换一种心情，换一种生活方式，换一种处世态度。

在人群中，不再着急去做走在最前面的那一个；等电梯时，也放下非要把自己塞进这一班电梯的"斗志"；与人论理之当下，少一分得理不饶人，多一点适可而止；规划自己的人生时，不要总强求让自己每每实现弯道超车……

强，不是最佳的人生哲学。当然，勉强更不是。如果遇事能退一步，学会包容他人，包容自己，允许有失败，那么生活也许会更容易一些。这是一种豁达，是一种放下诸多执求后的从容不迫的选择。

那些从不放过他人的人并不会善待自己，因为宽容别人就是善待自己。他们不明白，当自己得理而咄咄逼人的时候，毁的是自己的人格，伤的是自己柔和温润的心。

生活中是有太多的无奈和不得已，但大可不必借着生活的名义，拿着一些假想的武器去伤害他人，逼迫自己。要知道我们本来并没有武器，伤人的只能是自己的戾气和恶意。

　　放下，让你我的生活都容易些。其实一切都很好，凡事退一步，这是心量，也是德行，更是做人的通透。

有关心理平衡

人无论做什么事，基本上都是先考虑自身的利益。若结果不是自己想象的那样，心里就会感到不平衡。

其实人活在这个世上，不是为了争名夺利，而是为了升华自己来更好地度过此生。我们在世间做任何事，其最终目的都是为了使自己进入更高的生命层次。

发心纯正者，行善结善果。心机不正者，作恶自然有恶报。人心自有一杆秤，不称天不称地，称的是人心。

人这一生，不是身居高位、富甲一方、情场得意就能获得真正的快乐，自心没有烦恼才是最难能可贵的。得失就在瞬间，一切幻生幻灭，任谁也不能主宰。

你要识得这颗心，你要会用这颗心，你要知道心是变化无常的，也是如如不动的，一切生灭相和原无动根本，皆为当下这一心。

此心究竟为何？如何才能彻明了见？拈花示妙，迦叶微笑。这心妙不可言，意会方达不可思议之境。明月自性光，百千万年长。

时处尽现前，觅则总不见。本来具足，这涅槃妙心无所不在。

若明白生活点滴当下皆是历境练心，是培养自己的人格，成就自己的道业、提升自己的机缘，那自心所谓的一切不平事，不过是自己给自己画的一个牢笼而已!

生活总会给那些要求太高，甚至有点过分的人带来压力。若勤奋努力而不执着于结果，这人间就是自己的乐土。

任风雨过往，任世态炎凉，任顺境逆缘，任是非毁赞……一切都是梦幻泡影，过眼云烟!

岁月堪堪，悠悠然然。人过得好不好，快乐不快乐，与外边的世界没有关系，全在自心的豁达和放下一切执念所相应而反映出的一个自然心态。

简单而又充实，不是从物质层面上来说，而是从精神角度的体证而言。心理状态始终是在良性发展，还是一直在恶性循环，这是非常关键的问题。

我们在遇人做事时都必须坚持一个最基本的原则，那就是：对每个人都要释放自己的善意,让他人都能感受到我们发自内心的真诚。否则，我们就渐渐地孤立了自己，最终沦落成为一个与社会人群格格不入的另类。

　　人之美德尽在心灵而呈现。若以一个失衡的心态来面对人和事，人就会越来越烦恼，事就会越做越糟糕。心的修养不到，事业也好不到哪去。

　　心理平衡就能祥和，心理平衡就能本分，心理平衡就能理智，心理平衡就能把人把事做好……宇宙自然平衡的运转皆是如此，万事万物的自然平衡亦是如此，人世间所有的平衡状态皆是如此。可谓善良、美好、平常心、高尚品德，不可言喻的境界，一切皆在于心理平衡！

说到做不到是人的通病

人生的路上有很多不定数，有的人顺风顺水没有太大的波折，有的人坎坷不平充满了艰难险阻，还有的人时好时坏，始终跌宕起伏不定。

有时因为一点小小的失误而造成不可挽回的后果。即便发心是那么美好，可不尽人意的结局确实让人感到很无奈！

人往往都是向外看，向外找原因，却很少有人反观自省，能认识到是自己的问题。人自以为是的多，取低位而时时谨言慎行的少。爱说大话、自吹自擂者缺少自知之明。

口是心非的谎言把自己装扮成谦谦君子，所谓光鲜的一面难掩饰那背后的丑陋不堪。有一出没一出犹如戏剧般的变化无不是自编自导，物极必反的悲剧常常在人们眼前轮番上演。

欲罢不能，反反复复，让人乐此不疲，甚至上瘾。人生百态使人眼花缭乱，找不着北。人间虚伪所掺杂的诸多"传奇"故事让人难以想象。

　　有的人忘乎所以，不知自己的斤两，总不负责任的说些自己做不到的话。屡次保证要改却屡次再犯，当时那惊天动地的诅咒发誓，一转脸又旧疾复发，拾起老本行继续胡说八道。

　　刚强无明，宿习难改，可悲可叹，令人唏嘘不已！人的通病很多，涵盖很广，其根源全在自己的心。

　　说一套做一套，说到而做不到。有的是眼高手低，有的是久已成习，有的是为达到某种目的，有的是道德人品的问题。

　　人不守信会遭唾弃，说话不算话以后就没人理你。失信就是开空头支票不守信用，失信就是贱卖了自己。

　　做人有尊严受人尊敬，做人有德行自不失道，做人有人格不失大义，做人要诚实不能没有底线。

　　自古成大事者，说到哪做到哪，既不欺人也不自欺。这是做人的基本原则，以信行天下。言必当行，行必有果。做人清白，做事本分。仰俯无愧于心，以古今圣贤为榜样，与天地同齐，与日月同辉。

　　我们不但要守好心，还要守好口。什么该说什么不该说，自己心里要有数。不轻易说自己做不到的话，不随便许诺自己没有把握的事。说出来的话不能落空，要做一个负责的人，让自己说的每一句话都像金子一样贵重！

是非人到哪儿都是非

锅碗瓢盆难免会相碰,叮叮当当的声响在生活中自然少不了。有了这些，生活多了一份鲜活，少了一些沉闷。

生活本来是单纯的。不同就是不同，碰撞了就是碰撞，一声即过。把生活搞复杂的是人。因为有人，锅碗瓢盆也有了标签，叮叮当当也被赋予了情绪，每一件事都不再单纯了。

人群中总少不了这样好事的人。他们能凭一己之力把简单的事情复杂化，甚至能把虚无的事情真实化。全凭一张生事嘴，全仗一颗是非心。

有人不怕事大，尤其是为了一己私利，搞站队、挑是非、开战场、攻堡垒。这战场就是那是是非非的战场，狼烟四起，不得消停。如此局面往往是因个别是非人所挑起。正所谓"一粒老鼠屎坏了一锅汤"，有一个好是非的人，就会常常搞得左邻右舍鸡犬不宁，硝烟不断。

是非人遇人说人不是，遇事把事搅浑。相处再好的人群也会被翻嘴挑舌，导致不团结。再平静的地方也会凭空起浪，搞得乌烟瘴气。君子般的外表，一本正经地装；小人一样的心肠，毫无底线地坏。表面一套，背后一套，令人防不胜防！

这些长舌妇、心机汉，不是给人排忧解难，而是让人陷入烦恼痛苦之中。可谓是现实生活中的害群之马。

有的人本身并没有搅是非的心，但由于处理人我是非的立场不坚定、没有原则，基于墙头草的性格，在是非之人的蛊惑下，不知不觉地也成了是非中的一员。

这样的人愚蠢不单纯，更无智慧，没有看穿是非人意图扰乱宁静的不轨之心，也没有识破是非之人那背后的自私目的，尤其没有觉察到自心糊涂的微妙动向，所以才成为是非局中的一方。

若有挑事的，没有应和的，是非不会起。若有起是非的，却没有帮衬的，是非也不会起。若人人都心里清亮，个个都守好本分，不多管闲事，那是非人就没有表现的舞台，更没有生是非的资本。

是非人挑是非无关事情本身的对错，而是在于人心不古——自私、缺德、见不得人好。人如果感觉自己总在是非圈里转，一定要反思自己，觉察内心，肯定是自己的心出了问题、发生了故障。

是非的人有是非的心，到哪里都能生是非。是非的人有是非的心，到哪里都能招是非。若不检点自己，从自心找原因，定会参与是非、与是非相伴，越陷越深。

　　有是非，心不净，生活中充满了消极情绪和负能量。无是非，心清净，走到哪里都带着阳光。远离是非，珍爱自己，莫做是非人！

跛脚莫说路不平

有些人无论什么时候都想为自己打造和维护一个完美的人设，总是把光鲜华丽的外衣往自己身上披，想方设法来遮掩自己身上那些乌漆墨黑、见不得人的东西。即便有一天把所做的事情搞砸了，或犯了严重过错，也绝不会在自身上找原因，而是向外看、埋怨他人，甚至责骂他人没安好心，给自己制造麻烦、穿小鞋，安莫须有的罪名。

面对自己不堪的失败，不仅死不承认，而且为了推脱责任，就连"客观因素"也常常成为"替罪羊"。不论理由是多么的牵强，总能给无辜的那些人和事扣上一顶大帽子，让其蒙受不白之冤——什么天气的原因，时间的问题，机缘不成熟，他人误了事……这时，每一顶帽子在自己看来都是那么"理所应当"和"理直气壮"。

当他人指出自己的缺点时，往往不是先端正心态，积极尝试着接受、认真反省、努力改正，而是反感抵触、极力护短，甚至混淆是非，颠倒黑白，倒打一耙。

明明脚力不济，是自己的问题，却偏偏赖路不平，找其他原因。因为你知道，要想让大家公认我的"完美"，就得"玷污"他人来衬托自己。这扭曲的心态，不正常的行为，自古以来屡见不鲜。更可悲的是，它已逐渐演变成为保全"自我"的一种"条件反射"，也就是即使昧着良心也要做这自私缺德的事。

有些事化转不了，过不去，是自己能力的问题。若因此恼羞成怒、发脾气，指责他人，无非是你色厉内荏，装腔作势罢了。

在某个方面自己确实不如别人，可你心里不服气，抱着反正"自己筐里没烂杏"的顽固执念，做颠倒想，极度助长了个人的傲慢与偏见。

满眼都是别人的错，满心都是自己的对。狂妄自大，浅薄无知，使你看不到自己的缺点，以至把自己的缺点当成优点，整天活在自欺欺人的个人世界里，最终残酷的现实，会让你自取其辱。经常对他人要求高、管得严，而自己却不检点、肆意放纵。如此双重标准，你的确不地道。

不管是坚固的"我执"在作祟，还是根本就没有意识到这一点，你盛气凌人的态度、胡搅蛮缠的逻辑及厚颜无耻的强词夺理，其实都是在遮掩自己的无能和卑微。

整天夸夸其谈，不做实事，一切不良后果皆自作自受，你能怨得了别人吗？若一身习气毛病，自己不改正，还时处护短，那你的人生之路就是绝路，寸步难行！

若凡事能反躬自省，先找自己的过失，先解决自己的问题，不去怪这怪那，那你就是胸怀坦荡的大丈夫。否则，你就不知不觉成了只照别人不照自己的一面镜子，什么事都向外看，这也不称心，那也不如意，就像一个满腹牢骚的怨妇。

做人正直，要老实本分。你花花肠子多，内心肮脏，肯定没有好结果。清清亮亮一个人，分分明明一条路。若走不好，路不会与你结仇，倒是你心中有坎儿、有障碍，一犯浑，脚下就有偏。

脚不好使，硬说走路带风。你欺骗了别人，糊弄了自己。殊不知你再怎么粉饰掩盖，能装一时装不了长久，纸终究包不住火。自己的脚有毛病、不利索，非要抱怨路不好走。实非路不平，是你的心不平。你被外在的迷障所蒙蔽而昧了内心的灵明，心的天平失衡，造就你偏激自负的个性、恶劣不光彩的取向。

人是万物之灵长，是自然宇宙中的佼佼者，当"俯仰无愧于天地，行止无愧于人心"。若背道而驰，那你就不配称这"人"之名。

在逢人遇事中要明因识果，遵循自然，要懂得自律自重，随缘不攀缘……只有把握好自心和行为，你才能做到心正脚下路不歪。

"人非圣贤，孰能无过"，人不怕有错，就怕不改错。没有大勇，缺乏担当。知错不改，或屡改屡犯，这样不但会继续伤害别人，而且还会严重障碍自己。若你事先清楚，还一味地朝错误的方向发展，就是明知故犯；若你真的错了，却想方设法去掩饰，就是错上加错，大错特错!

　　在人生的路上，你未必能时时周全，每个事情都做到极致，但你一定要知道自己哪里不足，欠缺什么，怎么做才能尽快弥补……人生不易，了悟更难，有很多东西需要你去学习、去实践，务必要摆正自己的心态，走好脚下路。如此做人做得踏实，如此做事做得圆满。事在人为，道在心悟。

　　阳光灿烂的生活始终给人们带来喜悦，若心不正，行不端，你的人生，只会以失败而告终。究竟如何抉择，全在你自己。用你走过的脚印，来给自己做个见证吧!

莫让这张嘴害了自己

做人要说实话，说真话，说不昧心的话。知道的，慎重说，不知道的，千万不要瞎说。胡说乱说，不仅害了自己，还可能会殃及他人。

一句温言善语，有时能拯救一个人的生命，而恶声恶气，却可能把人推向万丈深渊，绝断生机。所以，言语当谨慎小心。什么该说，什么不该说，自己心里要有数。话一旦出口，就再也收不回来了。

常言道，祸从口出。从古至今，因口而引起祸端的事，数不胜数。说些不合时宜、不负责任的话，或道听途说、轻信耳食之言，散布一些以讹传讹的事……就是因我们说话太随便，有时不经意的一句话，就可能在无意中伤害他人，甚至演变成毁人前程、置人于死地的人间悲剧，造成不可挽回的后果。

当言人说事时，总自以为是，按自我惯用的思维模式、主观臆想来判断和表述，这已经犯了严重过失。若再多心多疑，起邪思歹猜，在事情的来龙去脉还没搞清楚之前就大肆渲染，添油加醋，如此行为更加恶劣。

有的人听风就是雨，轻信谣言、传言，继而借题发挥，大做文章，甚至凭空想象，胡编乱造；有的人盲目跟风，有意起哄，不停地火上浇油，推波助澜，唯恐天下不乱，就是喜欢幸灾乐祸；有的人高调张扬，只为博取眼球；有的人故作神秘，是想撩起人的好奇心；当然，还有人动机不纯，怀有不可告人的目的！

由此可见，若非亲身经历，亲眼所见，不了知事实的全部真相，我们就没有话语权。若罔顾事实强出头，误导他人，自己要承担相应的责任。

可以肯定的是，凡心术不正，行为不端之人，不但道德缺失，辜负了做人的良知，而且还可能会造成悲剧或不可挽回的后果！

我们为人处世，心要善良、要真诚、要正直坦荡……若违背这做人的基本原则和道德观，那决定没有好结果。

若开口能饶益众人、有利社会，行为俯仰天地而无愧于心，我们必定睡得安稳吃得香。否则，就会过得不踏实，活得不开心，整天担惊受怕，坐立不安。总之，我们作为世间人，当做好世间事，不要做亏心事而断送了自己的大好前程。

有些事与我们无关，当安分守己，不瞎操心；有些事与我们有关，要谨言慎行，不仅是对他人负责，也是给自己有个交代；有些事我们不懂，是现在的功夫还不够，触及不到这个境界。不要因自己的无知而妄生是非。

　　我们今生要守好心，管住嘴，行上无犯。能管住嘴的人，从心里反映出庄严；能管住行为的人，从心里反映出威仪；若能管住自己的心，那才是真正的主人。

操这心操那心，最该操的是自己的心

有些人的眼总是往外看。这事也管，那事也问，操不完的闲心。人生百年很快就会过去，余生已无多，岂能把这有限的生命都浪费在管闲事、说闲话、操闲心上！

生活在这个快节奏、竞争日益激烈的年代，每天都有许多事情等待着我们去做，哪有那么多的闲暇时间和多余精力去管那些无关紧要的事！一般来说，人各有各的因缘，各有各的习气，各有各的道德观，各有各的品行……我们对他人的了解可能还停留在表面上。

若不明就里，不问青红皂白就介入他人的事情里面去，不尊重他人不说，恐好心办坏事，到时落一堆埋怨。该做的事情，我们一点都不含糊，不但要做好，而且要争取做到极致。那些本就没什么意义的事情，大可不必掺搅到里面去。

人都有自己的一套处世待人的原则和方式，以及处理事情的一些应变、周转化解的习惯。若强势去横加干涉他人的事情，或强行替他人拿主意，甚至明里暗里要求他人必须听我的，这也未免不讲道理、有点太霸道了！

人来到这个世界上，每个人都有自己的使命，即圆满走完走好这一生。我们不是过来人、明眼善知识，更不是什么圣人、救世主，为什么非得自己给自己委以重任来"拯救天下"呢?!

自视过高，狂妄自大、不甘人下，若不知悔改，到时只会毁了自己。不懂得取低位、争强好胜，最终会引火烧身、必遭大祸!

只因世上有许多事情不可把控，而我们现在的能力还非常有限，还在学习和成长中，所以，不能让"爱管闲事"的毛病耽误了自己，增添他人的烦恼。

别把自己太当回事，这个地球无论离了谁都照样转。不要以为自己很了不起，也许在他人眼里你不过是一个好事的人，在他人心里你就是一个不受欢迎的人。

纵观古今圣贤，皆以德而行天下。如果一个人常常在人我是非里打转，连口德都守不住，那更不用说自己的心行了!

世间的事，绝不是自己想象得那么简单。每件事情的背后都有着千丝万缕的关系，都是错综复杂作用的结果。若能明因识果，就有能力帮助他人解决问题，否则，不是给他人添乱，就是把自己搞乱，最后自己也卷了进去。

　　心的取向全在于人明白多少，及运用得怎么样。若不明白还强出头，其结果可想而知！凡事要慎重、量力而行。只有先做好自己，我们才能真正为他人排忧解难，做大事，做更有意义的事。

　　若欲以一颗清净心来面对所有，那就要时时刻刻自净其意。只有这样，我们才能在现实生活中行本分事、做自在人。至此当明：操这心操那心，最该操的是自己的心！

为何劝人易，劝自己难

有人自以为看破了世事，参透了人生，认为自己修行很有层次。尤其当别人遇到困难或心理出现了问题，在他的劝说开导下，不再沉陷忧悲苦恼，他便因此得意洋洋，愈发地自我感觉很厉害，有本事，比别人强。可事情一旦发生在自己身上，就被缠缚其中而做不了主，无论如何都转不过来这个弯，拧不过那根筋，饱受折磨煎熬。他也想从捆绑中脱身，可就是解不开，挣不断。他也想走出来，可脚下那一步无比沉重，根本就抬不起，迈不开。

以前能帮他人安心，为何这时却不能让自己平静下来？以前能劝醒他人的道理，为何这时却劝不了自己？以前能引导他人释怀心中的固执，为何这时却不能突破自己的困顿？以前在他人面前讲得头头是道，句句在理，能言善辩，为何这时在自己这里却软弱无力？怎不令人笑叹！

劝别人容易，劝自己难啊！正所谓，旁观者清。遇见他人烦恼，好言相劝，解粘去缚，往往能将他人的心事释怀，让他人放下纠结，渡过难关，但若是自己，当局者迷，无法看破，就会被困在里面。其中的区别不在于知不知道这个理，理大家都知道，区别只在于劝他人时，你是一个旁观者。你站在一个非常客观的角度，清晰地为他人去分析这个事情的来龙去脉，能知道他的症结在哪里，为他进行一番开解，进而再为他疏导心事，帮助他从中跳脱出来。

然而，当自己遇到困境时，身为当事人，因太着意，有顾虑，有负担，常常会失去理智而迷在里面。个中的关键，就是人的执着！当事情降临在自己身上时，你无法透过这点执着，让自己认真清晰地去看待整个事相，所以就不容易突破这一点症结。若能放下这执着，那你自然能看清所有事，能清晰地认识自己，自能无解而解，敞开心怀。

人的内心总有种种牵挂很难放下。若事情的关卡卡在你最执着的事情上时，人便会迷陷在里面，纠缠在里面，被蒙蔽在里面……这执着会蒙上你的慧眼，这执着会搅乱你的心，这执着会使你忘却你所知道的道理，这执着会让你拿某些道理来为自己强词夺理地辩护……这就是为什么他人好劝，自心难伏的根本原因。

那么，如何来解决呢？答案是：必须彻底放下你心中的执着！当事情来临时，你要知道，面对当下的困境，你的执着点在哪里。既然你心中生起烦恼，一定是你的心出了问题，一定是你的心有过错，一定是你对某一点有了纠结，这一点正是你的执着所在。若你能坦然、平静地来分析，将自我意识减到最弱，跳出事相，超然事外再来看，你就能有一个清醒的头脑，就能看清自己，从而客观地处理事情。

　　若能如此，你就能逐渐认识到，原来自己生烦恼正是在这人事上着意了。若能有这番认识，你便能知道，这一点着意不过是虚妄而已，放下吧！

　　若是个有心人，你也许能想起自己曾经是如何劝导家人和朋友的。若你能将那时的心境，那时说的道理，重温一遍再来反躬自省，你也许就能给自己一个全新的心境。人生不过如此，若放下了，也不会怎么样。真正放下了，反而还给自己一片广阔天地。

　　若你是一个有智慧的人，你就能觉察到，人从痛苦纠结到豁然开朗，其实就在一念之间。当你劝他人时，你知道这一念的力量是非常强大的，只是在于自己的执着要完全放下。当你面对当前的烦恼时，你把这一点提起的当下，你便知道，真的就在一念回光，这就是心的力量。在劝导别人时，你能将这种力量传递给他人，赋予他人一种强大的动力，促使他人放下心中的郁结，明达顿开茅塞的喜悦。

　　在自己处于窘境时，你深陷其中不能自拔，这起脚迈步自然不济；若你一点灵光乍现，智慧就会在此显发，眼前的这个坎，你就能一脚迈过。这一步就是智慧的力量，当然也是你放下自心的执着所呈现的无限风光。

　　在这个世界上，一个具有一定阅历、悟性和智慧的人，他的心量宽广，在一定程度上能打破自我的封闭及坚固的意识，把自己的心向外界敞开。这样，他就更能广泛全面地接受外来的信息，换位思考，从而反省自己的不足。

在劝别人时，你心中无事。若自心有事时，不用劝就能没事，你是个智者无疑。若能在很短时间内把事摆平，你也是个了不起的人。若被事困扰，你拿劝别人的道理来劝自己，可还是过不去，那就麻烦了。

被境缘事相所困，你就会被拿住，不得自由。若把自己的执心破除，那虚妄不实的一切，就会烟消云散。做一个无事人，随应事，无住事，自了事，根本没有事。心敞亮，事无生，自在王国就是你的太平世界。

你能劝得了别人，也劝得了自己吗？你能调整好自己那颗不安的心吗？你能始终保持同样的心境和清晰的视角来看待一切吗？你能无论何时何地都客观现实地解决所有事吗？你能随缘顺应而无住任何吗？此须慎思！珍重！

为什么总是被自己的习气打败

人生修行就是一个破除无明习气的过程，其终极目标就是要找到自己的本来面目。自从踏上这条路，我们确实得到了很大的利益，但随着自己的进步，习气产生的阻碍的力度也逐渐地增强增大，有时会不知不觉地被它所驱使。因此我们也曾经用各种方法来降伏自己这颗不安分的心，可每每总是被自己的习气打败。如此恶性循环让本为此而烦恼的自己旧疾未除，又添新病，凭空多几分愁苦。

只解决表面问题，而不从根本上认识到无明习气乃幻心幻造，一切虚妄皆无根，本来空寂自清凉。那么，这认为自己有习气的人是谁？习气从心而相生，当由心灭却，心若无相，习气从何而显现？再者，若心生任它生，心灭任它灭时如何？

皆知本无善恶，却整天钻进是非圈子里出不来。若知识理论和实际修为不在一个层面上，那自己如何能得到真正利益和受用呢？整天说要真修实证，可一旦面对现实问题时，早把自己说过的话忘到九霄云外去了。

人基本上都这样：在没有什么事发生时，感觉自己干啥都行、什么都能做得到；当事情真的发生了，却不是自己前面想象的那样了。毫无疑问，立马就被自己的习气再次打回原形。

人有时非常自负地认为，"我"想得到的，那就是本该属于"我"的。任何人都不能和"我"争，哪怕是说些闲话都不行。无论做什么事情都必得围绕着这个"我"，都要以"我"为前提，否则，就不愿做，即便做也不会上心。

习气根深蒂固，总是让人感到无能为力，尤其在爆发时的种种，令人始料不及，也确实不敢恭维。习气每个人都有，关键是在习气面前自己能否做得了主。

习气之所以被称之为习气，就是时间长，形成了一定的惯性，是不由自主地反映出来的。如果能及时觉察还好，若待到一发不可收拾的地步才发现，可说为时晚矣！

习气皆由心造，当从心灭。习气无根，智生幻消。悟诸法空相，本无人法，有什么可执着的！

我们为什么总是被自己的习气打败？心生之时一切生，心空自然常寂空，若然心头无一物，何来习气这番说！

一攀比，心就不平

现今社会，世态浮华，物欲横流，乱象纷呈。外界的诸多诱惑挑起了人内心潜在的各种欲望，暴露了人执求贪婪的劣根恶习。

有些人无论在哪个方面都想比他人好，高人一头，也不管自己的实际情况如何，一味地去强求、去较劲。今天和这个比，明天跟那个比，这比来比去，最终自己给自己上套，把自己勒得越来越紧，导致压力越来越大，继而不堪重负，走上极端。

有些人明明心里早已暗流涌动，可表面上却佯装不在乎，不露声色；说起话酸溜溜的充满了不平不服，夹枪带棒，暗喻讽刺，挖苦嘲弄。如此有欠磊落、不坦荡的行为，皆因内心阴暗，见不得阳光。

没有对比，就没有伤害。当下攀比心一起，情绪马上异常，羡慕嫉妒恨接踵而来，从此就可能走入人生的种种误区，越陷越深……纯属无事生非，自寻烦恼！不容置疑，我们当中很多人都有这方面的习气和毛病。

只要一攀比，心就会不平，看人不顺眼，心生反感，进而在言语和行为上不检点，是非丛生；只要一攀比，就可能打开隐藏在心底那洪水猛兽般的欲望闸门，各种放纵妄为会愈演愈烈，一发不可收拾。

好胜心强，攀比心起，不甘人下，自心难平。攀比心会让人亢奋激进，会让人低落消沉，会让人无谓地浪费时间和精力，甚至会让人不择手段，做出有悖伦理道德和法律法规的荒唐事。

整天拿自己跟他人比较，这山望着那山高，永远不满足。常常眼红他人所得，却不知珍惜自己现有的一切。总是将他人所拥有的作为自己的目标来追求。与其说他人一直在影响着自己，倒不如说是他人的名利权情始终在左右着自己。就这样，不由自主地失去了自己，也就是失去了人生真正的价值和意义。

也许有人会问，为何要抹杀人的上进心？这不是一种要求进步的体现吗？应知人积极向上，努力进取本是好事，但是，建立在个人贪着执求上的攀比，是心不平的表现，是一种非正常的心理阴暗和变态扭曲，若长期任其发展会酿成可怕的人生悲剧！

如同你欲壑难填，拼命索取；我望洋兴叹，自暴自弃；他铤而走险，以身试法，走上不归路。那这所谓的"上进心"，就是伪装成好人的贼，是害人害己的毒瘤，绝对不可取！

无明烦恼的根源，是执妄分别的心。若不能"降伏其心"，就没有定慧功夫，就不能安住当下。

心向外驰，不停地向外攀缘，就守不好心，修不成道。若能遇境缘物相，既不执求，亦不住留，更无攀比，那心就歇息了，人就平和了，距解脱不远了。

脚下路得靠心来走，要修好修明白自己的心。若随应世事都能用一颗平常心，一颗了了分明的心来面对所有，那就活得洒脱自在。时处心安，当以"平"来论；天下太平，也是一个"平"字所为。"平"字立天下，人人皆了道。心自在，智慧圆融。

人心平了，脚下的路就顺当，为人处世就容易；人心平了，处处祥和，时时快乐，遇人人欢喜，遇事事圆满。

快快放下这攀比难平的心吧！它是打破平静生活的始作俑者，让人心理失衡，不再安分；它更是破坏修为功夫的心魔，让人执迷入邪，背道而驰。

一攀比，心就不平。攀比心不可有，人无求心自平、品自高。心平是定是慧，是真正的清净。

脚下之路是心路，心若不平路不通。
外不着相心无乱，大道自然任我行。

一生都在执求的可怜人

世人一生忙忙碌碌，总离不开一个"求"字。所求之物或名或利，或权或情，或大或小，或多或少……无时无刻不牵动着这颗心，令人贪求着迷，神魂颠倒。可谓，贪心越大，执求越强烈，烦恼就越多。这样的人每天都活在贪求中，被欲望所奴役，着实可怜！

求名利权情的，到头来一场空；求本不该求的，会自取其辱；为求而随他人作恶的，即同流合污，助纣为虐；所求违背天地良心的，即祸害大众，不配做个人。总之，在执求中被贪心所左右，被私欲所掌控，最终昧了自己，形同傀儡！

人若有求，就会心不平、心不甘，肯定不安分。若始终在贪婪执求，不知消停，那决定得不到真正的幸福和快乐。在修行解脱的路上也是如此。只要心不肯歇，还有一丝一毫的执求，那就不能了达自心所愿。

有人为了遮掩自己贪求的丑恶面目，总会披上华丽的外衣来极力装扮粉饰那令人不齿的行为。然而，无论怎么做，都遮掩不住那隐藏于心灵深处、根植在骨头里的贪婪。他会时不时地肆意放纵，甚至作奸犯科，欲罢不能而走向不归路。

有时找千番理由，万般借口，想方设法为自己辩解开脱，声称自己是被人利诱或怂恿，才会把持不住而陷入欲望泥潭中的。但是，若自己无贪欲的念头，若自己具正念有正行，若自己老实本分、能坚守道德底线，那么不管他人怎样做，怎样求，怎样诱惑，都不会动心，更不会"失足落水"。

求，能求来吗？往往求到最后，不仅不能如愿，而且还会产生很多过失。求不到，还放不下；放不下，就更去求。若一旦求到，就洋洋得意，自命不凡，趾高气扬。被暂时的拥有和恭维吹捧冲昏了头脑，在无形中滋生和助长了自己的贪欲，让不安分的手伸得更长。殊不知，这一切正是作死的开始，预示着危险的来临。

有求就会被无明贪执的习气牵着鼻子走，永远做不了自己的主人。有求的心急切，就会把得失看得重，一点都输不起，非常脆弱。表面上伪装得雍容大度，内心却贪得无厌，藏污纳垢，而那些为达到自己的目的而不择手段者，就是人间败类。

人生苦短，无常迅速。不要在梦幻泡影中浪费时间，不要在自欺欺人中虚度光阴。活，就要活得有价值、有意义；修，就要修得有智慧、有觉悟。

若心无求，知足常乐，无忧无愁；若心无求，洁身自好，品德高尚；若心无求，无染无着，自净其意；若心无求，不求自得，诸行圆满。

在无求中能心安理得，过好平常人的生活，遇难呈祥，一生平安；在无求中能随高就低，坦然面对一切人事，没有奢望，安贫乐道。简简单单生活，真真切切实修。不攀缘，不强求，随遇而安，那就修明白了，也就活开了。

有求皆苦。有求之人，乃苦命人，可怜人。不求自得。不求之人，即有福报，有智慧。若想改变自己的命运，那就彻底放下贪求的心，于自然无求中而修成一个世出世间的大丈夫！

是"我"害了自己

生命中，"我"最重要，万事都得围着我转。我想，我要，我讨厌，我喜欢……人的身语意没有一个不是以我为中心的，连本能都是利己的。

可事实上，人在宇宙自然面前，很渺小，微不足道。既无法操控宇宙自然的生灭，也无法阻挡四季的更迭，有时就连寒热都只能受着。说渺小，不是以体积大小相论，而是说人在面对一切外在和内在的变化时的掌控能力和自主能力。

随着科技的飞速发展，人们皆在唱凯歌，为一个个质的飞跃而欢呼。也有不少人认为人类的能力已经相当了得，攻克一道道医学难题，移山填海不在话下，宇宙飞船上天登月早已实现……可面对天灾人祸，人类依然显得无能为力；面对时间的流逝，人类也无法阻挡死神的降临；面对宇宙的运行，人类还是无法成为主宰……

那么，为何会如此？因为人总是习惯性地活在自己的世界里，似乎高高在上、不可一世，万物皆须以我的意志来存在，意图左右他人、改变世界，使一切最终符合自己的意愿。

殊不知，正是这样的无知与狂妄，把人拘束在了自己的世界里，走不出广阔的天地。不仅从认知上故步自封，在人本身的潜能上也是一种自我的扼杀。

很多时候，尝试着别把自己看得太重要，也许一切会更好。于个人而言，多一分谦逊，少一点自满，人会容纳得更多。

虚怀若谷，让我们能听取更多的声音，了解不一样的思维和角度，为自己提供更多的进步和提升的空间。正所谓"谦受益，满招损"。

束缚我们成长的永远都是自己，不是别人。时时把自己看得过重的人，就不会知道自己的不足和缺陷，也很难看到这世上除了自己外还有更优秀的人。须知人外有人，天外有天。莫辜负！

就群体而言，人若只一味地看重自己的认知，而少了对自然规律的尊重，那必定会搬起石头砸自己的脚。人生活在宇宙自然之中，必定要尊重自然规律，因为我们本就是宇宙自然中的一员。若在不完全洞察了解宇宙之前，蛮横地滥用所谓的文明与科技，必将自食其恶果。

确实如此，人类对外界客观环境的认知是有限的，这个局限性正是来自对"我"的执着。固守一个"我"，紧紧抓住不放手，好像为自己套上了一层厚厚的外壳，不能释放人原本该有的心性之光。智者认为，世间一切生命本自具足，先天本来通晓一切。正是因为这个"我"的坚固外壳，让一切自然根本智不得起用，所以才有了非常有限的认知。

不要以为"我"希望的就能实现，"我"想要的就能拥有，这显得颇为强横，同时也很愚痴。若人能放下对自我的执着，摘下自我防护重重的盔甲，看到的会更多，听到的会更妙，了知的更是不可估量。

别把自己太当回事，别把自己看得太重，实则是以退为进的智慧。放下多一点，收获多一些，退得多一点，进步也多一点。简单的道理，不简单的意义。

把明白的道理用在现实生活中

许多人道理明白得不少，可在现实生活中做得一点不好。其主要原因在于：偏重理论知识的学习，忽略实践方面的作为，即古人常说的"因理废事"！

修为要在心上下功夫，在行为上做到事事无碍，时处圆融。若只在理论知识上打转，不得消归自心，行上又做不好。此言说修，名为修，而非真修。

在点滴事为中多历练自己，打磨自己。在世俗人情中多体会无常，人心多变。若不经风雨，如何能长成参天大树？若不经烈火，怎能铸成火中红莲？

有人往往把自己所知道的道理挂在嘴上，说得是一套一套的，在人前卖弄炫耀，不知收敛一点，低调一些，对自己的真实修为却没有一点自知之明。

口说心不行，总向外执求，不向内修证。喜欢夸夸其谈，不得实际受用。浮躁之心难安，自然行为不正。

若让他把自己所明白的道理在现实生活中去践行、去实证，他一百个不乐意，甚至还会有很大意见，生起烦恼来。这种不切合实际的行为，只能自欺欺人，最终害的是自己！

修就要脚踏实地修，不掺半点假。还要于理上明，在事上证。若只是明白了一些道理而不去实践体证，可谓口头上的功夫，更谈不上智慧了。

迷人口说，智者心行。明白多少做多少，证到哪就说到哪。不负师恩，不昧己灵。无论学多少，悟多少，都要行在脚下，应于人和事，历练身心，成就自己。

世上没有免费的午餐，天上也不会凭空掉馅饼。空中楼阁般的梦想，到头来只会像泡沫一样破碎。只有老实本分事上行，方为真正的修为，才得切实的利益！

明理须在事中证，唯在当下一心行。
菩提路上多磨难，慧剑尽斩痴人梦。

行者道途，既不"因理废事"，亦不"因事昧理"。当契合法要，于事行证。

无德不足以载道

无德不足以载道，有德就有道，德高道隆。做任何事情，不是靠嘴说，要凭德行、智慧和修证功夫。

红梅独在严寒冬雪中绽放。你若不懂她的傲骨，不知她秉性，更难明白她坚韧不拔之高洁。

什么是德？在吃喝拉撒、行走坐卧等现实生活中，你能持守一颗平常心，你能淡泊明志，宁静致远，这就是德。

不注重德，修为提不上去，生活也过不好。德行不好的人，会让大家远离，会被社会所唾弃！德是成就的基础，德是道途的保护神……他无时无刻不在帮助你为人处世。懂得惜福，尊重因果，善待一切。培植德、增长德，小德终成大德。

无德难为世间事，有德大义行天下。这脚如何向前迈？若无德的力量来支撑，你走不长远就会倒下。若把德行提上来，世界天下都是你脚下平安的路。德推动着你，时处无离，你走得轻快，目的地很快就能到达。

在德上行事，一点一滴都是功德。不在德上作为，一丝一毫都是罪业。有德德高道隆，无德德薄业重。

杨柳条条发新枝，只因春天来到。若乌云密布一片黑暗时，该如何拨云见日现光明？漫天雪花飘然纷落，一枝梅花在悬崖峭壁上露出了笑容。

点点滴滴皆是积德的摇篮，时时处处都要以德行天下。若于世间行，处为而了意，这是非常之德；若任运常然，随应无住，这是自在之德；若无德相尽德为，这是无德之德；若有德而无德相，这是圆满本德。

这一步迈得稳当，下一步自然跟上。步步由德来起步，坎坎由德而迈过。脚尖子点地，自有水准。大踏步向前，乐得痛快。纵使前方的道路荆棘丛生，德高就能感化所有，消融一切。

若你让他人生起信心，走向解脱道，这是大德的体现。若你在帮助他人的同时，成就自己，这本是同心同德，携手共进。若你不但成就自己，而且能让他人跟着你成就。这个德，可令日月无光，天地失色，没有什么比这个功德更大的了。

德田心地智慧花，清香四溢飘天涯。在德行地里种庄稼，收成肯定是自在快乐的果实。

以德而行的人，他不仅有一颗慈悲心，还有无穷智慧的力量。

点亮心灯，照耀前行的路，那是用德为智慧铸成的万里长城。

有德，有智慧，你就是主人，否则，你就是奴才，出头无期。以德载道，道为德根本，德为道彰显。德顶立天地时如何？指头挑日月，谁说不光明。

德即德行，德即心行，大德应世平常行。若真了达极致，性本空，心无相，无德应显德。这一点谁能明白？谁能踏破？谁能契合相说？谁能明德之妙用而行？有德有道，有智慧，有功夫，这世间是你的道场。把德提起来，把德树立起来，把德圆满起来，把德运用起来。

在德上能做事者，真德为也！在德上能周转者，真智慧也！在德上能感化他人者，真慈悲也！
在德上能智行妙用者，真正大德也！

德和日月同辉，德与天地同齐。把德立起，此乃处世应为事。此是大道在人间。这德你能领会多少？这智慧你能知道多少？有没有德？这德何在？当在心源处寻！

常说好话，有口德。时做好事，有品德。大公无私，有道德。人见欢喜信受，有庄严功德。

言德本无相，既无相还说个什么？当下必断处，你要断；当下必举时，你得举。举的是什么？断的又是何物？德不能昧，昧德即昧心。德立于世，智慧圆融，智德一相一，无二别。

修德不离心，明心德本具。大德无上德，至德即本心。有德者必行道，必见道，必了道，必证道，自己就是道，德满天下也！

袒露，当下的重生

人的心里，或多或少都有深藏或不便向外言说的秘密，有自己的，有他人的，有好有坏，有善有恶……而有一种会让人始终内疚、羞愧、自责、后悔不已，那就是亏心事！

无论过去多少年，自己都无法面对，心中难安，更因缺乏袒露的勇气，错失弥补赎罪的机会，一生都在自我折磨中度过，倍受煎熬。

人做了亏心事，很难开诚布公地袒露出来，及时改过，并尽快补救。因为担心一旦说出来，自己的人格会因此降低，自己的形象会因此毁灭，自己的财产利益会因此受损，甚至会有牢狱之灾。于是，就掖着藏着，拼命捂着，欲把它深深地埋藏在心底，烂在肚子里。随着时间的推移，从轻微的愧疚渐渐地变成了沉重的十字架，让人身心疲惫，悔不当初。

有时希望它只是一场梦，真实的自己不是这梦中人，也没做过那些丑陋不堪的事……可一切幻想最终都要回归现实。这不切实际的想法，一厢情愿的心存侥幸，只不过是掩耳盗铃，自欺欺人罢了！

　　纵观世界，众相纷呈。人的道德水准和处世态度不尽相同。有人心地无私，凡事都站在他人的角度替他人着想，与人方便；有人不管做什么事都是以"我"为中心而谋取私利。人都要为自己所做的事负责，所以为人要善待所有，做事要公道合理，俯仰当无愧于天地。

　　既然做了亏心事，那就要坦然面对。不然，犹如在自己心上筑起了一堵墙，没有可出之门，也无透气之窗，困束憋屈，苦闷难受，度日如年。如此整天在矛盾中纠结，提不起、放不下，那就拴住自己的一生，一直牵挂着，纠缠不清。

　　越想隐藏，它就越露头；越想强压，它就越翻腾；越想忘记，它就越清晰；越想消亡，它就越滋生；久而久之，泛滥成灾，病上添病，错上再错！

　　可叹世间多少愚人，使尽千番计谋，用尽万般手段，只为掩藏遮盖自己所做的亏心事。然而，真的能藏得住吗？既然藏不住，又为何还昧着自心执迷不悟？人如果能完全袒露，真诚忏悔，心也轻松了。何乐而不为！

　　在生活中修悟，就是要自净其意，从心上解脱。若不为自己减负，反倒积压一些负面的东西来给自己添堵，岂能做到空心无物，了无挂碍，得大自在？！与其忘不掉、抹不去，藏也藏不住、躲也躲不了，不如勇于袒露，真的放下、释怀。与其憋成一块心病，不如抖露出来，减灭罪恶感，真正从心里放过自己。接受不光彩的历史，迎接崭新的未来。过去的就让它过去，一切重新开始。老实本分为人，明明白白行事。做个顶天立地的大丈夫、直心汉。

只要心在正道上，就会逐渐学会放下，正视并接受不完美的自己。只要心在道上，心中的污垢就会随着修为的进步和心灵的升华而自然被清洗掉。只要心在道上，所有捆缚枷锁都能顿断，一切磨难困境都能跳脱。只要心在道上，逢遇随应了过，是非善恶皆无住，决定究竟解脱成就。

心事心来了，压抑和纠结不仅于事无补，而且还会徒增烦恼。袒露，能让人放下包袱，轻装前行；隐藏，却让人犹负千斤，步履维艰。要想生活快乐，那就敞开胸怀，袒露心扉，让自己的这颗心永得安宁。

彻底袒露个干净，那压得人喘不过来气的"大石头"才能从自己心中搬走。一点不剩地袒露个干净，呈现在自己面前的肯定是一个全新的天地。有这个知错必改的决心，就有这个担当的大勇，相信自己的人生终能圆满而无憾！

漫漫人生路，快快乐乐走。
青天明月心，无愧这天地。

有智慧的自信

在现实生活之中有很多无奈。有些事情不是自己想象的那样，明明摆在眼前，都知道是怎么回事，但最终结果还是让人感到非常遗憾。

人心的复杂暂且不说，社会的潮流就是建立在追逐利益的基础上向前发展的。若没有随波逐流，还尚留一份纯真、淡泊，那应该庆幸，你还没有失去自己。

得失之心，人之弊病。若能无求，自然平安。虽说在某个方面看上去不如别人，可站在"塞翁失马，焉知非福"的角度来看，这结局还是个未知数。

人只要安分守己，不求福自来，而拼命地执求，反而求之不得。命中该有的，谁也抢不走。福薄之人，当从自心去改变。

人生本就是一场戏，投入太深，只会深陷其中出不来。若没把这个角色扮演好，那就会被现实无情地淘汰。可人往往爱耍小聪明，以为别人都是傻子；总想控制别人，把别人玩弄于股掌之间。人心若不平，道德肯定有问题。

人的名，树的影，这走过的路就是自己历史的写照，善善恶恶，无论如何都逃脱不了因果规律的制约。

只要不做亏心事，活得安心又开心。相信自己，莫被眼前的幻象所迷惑。相信自己，莫被眼前的利益所蒙蔽。相信自己，莫被眼前的这场戏搅动了心。相信自己，莫因这人生的苦难而丧失了自己的信心。

迷者有生有死的概念，不是悟人本无生死的宇宙人生观。诸相皆虚妄，应而无所住。人不能着相，一旦着相就被相所困，就会深陷众多境缘之中纠缠不清，了无尽头！

有时被冤枉了，确实说不清，道不明。此时，就应该反观自己，在自身上找原因。若止是非，不辩解脱。强辩无益，何必自寻烦恼。事出皆有因，如果不是事中人，这事也不会牵扯到自己。

要尊重因果自然规律，自己的所作所为，瞒得了别人，昧不了自己的心。做人理应堂堂正正，坦坦荡荡。若以狭隘之心为人处世，脚下之路，寸步难行。

自信要有智慧，没有智慧的信就是盲目自信。心的智慧，广阔无边。德之大义，涵盖天地。人贵有自知之明，只有不断践行，不断体悟，才能不断让自己升华！

战胜自己

人都羡慕那傲视群雄、一揽日月之气概，也向往那闲云野鹤、无拘无束的自在，又想有那左右逢源、无往不利的本事，更渴望那喜怒不形于色的涵养，以及八风不动天边月的境界。

美好的理想代表不了现实的残酷。若没有相当的修为、足够的定力、圆融的智慧，这一切都是自己的妄想。那些表面伪装的舒畅，掩盖不了内心的憋屈。

人总是活得很累！为什么呢？只因你把那虚幻看作实有，这执着将自己的眼界拉低，将自己的心裹上了重重枷锁。殊不知，你昧负己灵，抛却了天下最珍贵的珍宝，遮蔽了原本最无上的智慧。可谓一切刚强无明众，习气众多，难以根除，苦不堪言。

人之所以烦恼，实因这个执心坚固，欲求太多的"我"故。心量太小，容不下别人；得失心重，好斤斤计较；好胜心强，总不甘人下。

你想战胜自己，必得有智慧利剑，当下处斩这妄作识心，就能于本分行使、体露真常。若空明常然，视天下无物。没有了自私小我的羁绊、执着妄分的束缚，这个世界就是你放开手脚、大展宏图之地。

人心妄动，只因执求的心在作怪。若你能看破放下，一脚踏破五指山，过往风景一去再不复返。

脚下站不稳的人，不能走太长的路。若步步连起，脚下了无痕迹，这才是真正的无相智者。以智慧为眼，战胜自己，破除我执，打开心量，包容所有。人到无求，心底无私，品德真高尚，放眼天地宽广。

人有情爱物欲，很容易执迷着相，烦恼有了可乘之机就会相生不断、接踵而来。若能空心无我，一片清凉，烦恼无可生处。当在这一点中超越自己，由点及面，顿断所有习气，超越所有虚妄之幻。在此基础上，你就能认清自己，看清世界，洞穿宇宙人生之真相。

若能了知一切，那么心自然豁达。你有此豁达心境，看天是晴朗的，看地是可爱的，花也笑了，草也绿了，鸟儿也欢叫，人们也开心……行走在脚下，轻松在心里，这一路的欢歌笑语无不是你自心的显现。如此，一路向西，一通到底。无论得失有无，你都视若平常，那这般功夫可是了得。

这一太平盛世当在你心表露，那么你在应为所事时无任何牵挂，不生烦恼。无得失之计较，无好坏之分别，走一步是一步，脚踏实地，自在非常。这时，只随缘顺应一切而无住。至此，天地在你的脚下，整个世界一手统握，这番超越实在不可思议！

直下取一意，心通一切通。若有一番心力能与世人相呈亮明，那么这一番心力自能教你超越所有。任运起用，在一点一滴中，你有一份真真切切、清清晰晰之明亮，朗朗湛湛，无可比拟。

若在日常生活、工作学习中，用一物而享受一物，做一事则享受一事，自在此一点中景象万千，这一点就是整个世界，就是全体禅意妙绝。这是一种享受，一种世间无与伦比的享受，这饕餮大餐无人能与你相争，此为己之所得，己之所获，这天下美味之盛宴，你就是王者！

吃是吃，喝是喝，看是看，乐是乐，无有一点遁形之迹，无有一点着相之意，无有一点旁生之趣，无有一点觉行之觉，会吗？

若无法超越自己，你必定无法转变心境来体会其中的乐趣，无法找到自己与事相之间的那一个契融之点。

若你体悟到这一点，自然识得路头、归家稳坐。在那里，没有所谓的有和无、快乐与不快乐。在那里，本就超越物质与精神，那是一个极乐安地。

人说，有了物质，才有精神愉悦及快乐的生活。我道，物质只是外在的补给，它能保障衣食住行，以正常的形式来完成你这一生，支撑你存活在这个世界。所谓的精神生活，不可否认，在一定程度上它的确能淡泊物质生活，让思想境界也能得到升华，但达不到极致的安乐。我执难断，不得究竟。

当今社会，物欲横流，人被强烈的物欲所左右，迷失了自己，早已没有了真正的快乐。也有不甘者，想要从精神的领域中寻找一线生机，希望能用精神的慰藉来填充内心的空虚。众多盲目的崇拜、狂热，各种有病乱投医，已成为社会流弊，甚至有人披上华丽的外衣包装自己、掩人耳目，做自欺欺人的勾当。

这几乎是现代人的常态：对自身不满足，对他人不满意，对物质无限追求，对精神盲目崇拜。境遇的错觉让人更加激进，进而变本加厉，不断向外拼命地追逐……

但人不明白，真正的精神世界并不是心灵鸡汤煲出来的，也不是靠外在的一切来成就的，而是通过我们内心的富足来提升而完成的，是看破所有、超越一切，复本还原而呈现的。开启先天本来，顿除后天识锁，于根无动地心性光芒万丈，圆智灵慧源源不断自然流露。

在有为中做得无为事，在无为中行得有为用，这有为无为之间，自有顺然之应而不着于任何，即智慧之妙用。不信？你看灵山拈花示众，这一花看似简单，实非简单，其深奥微妙，不可言表。再看那破颜一笑，意会通心，即下契合。如此整个法界，尽在这一拈一笑间承接心传，你说这智慧绝不绝妙！

当下透脱一点，自能应生万般，这世间自在手中，翻手为云，覆手为雨，任由拿捏。快乐也好，悲伤也罢，一并抛去，还有个什么！

若想战胜自己，得开悟实证；若想战胜自己，得有一把智慧的利剑；若想战胜自己，得破除一切名相；若想战胜自己，当空明月即自心灯才行。

战胜自己的人肯定有智慧。战胜不了自己，愚昧与你为伍，这一切全凭心意下功夫。若自己修悟功夫到了，智慧有了，烦恼顿消，清凉自现。可言战胜自己是悟性智慧，战胜自己是修为功夫，战胜自己天下无敌！

做大浪淘沙后的金子

一出出人间悲喜剧，总感到造化弄人。明明犹如春天般的情和爱，瞬间却能变得冷若冰霜。时间并没有与人作对，可人心终归经不起时间的考验。不是岁月给人脸色看，而是人在欺骗自己，一直在辜负岁月。

坎坷人生路刚刚起步，接踵而来的一切就充满了变数。一杯酿造半生的苦酒，喝出了五味杂陈、百味人生。没完没了的郁闷，伴随愁苦的沧桑在徘徊，"无常"二字在此时显得格外醒目。跌跌撞撞、连滚带爬的人生狼狈不堪。一曲接一曲，悲伤凄凉的歌始终在心头缠绕。枯黄的树叶纷纷落地，使人的心倍感寂寥。

有限的生命一味地在消耗中流失，躯壳早已不堪重负。畅谈人生时，童真般的梦想已不复存在，剩下的皆是痛彻心扉的伤痕和酸楚。漫漫人生路上的知己在何方？既然黑夜中这份冷漠和孤独难以排遣，何不扬起风帆，迎着惊涛骇浪去寻找那一片自由天地？

一腔热血不甘消沉地再次沸腾。人生不能被苦难压垮，要从困境里面跳脱出来。坦荡正直、无畏世间一切。过去的追也追不回来就任他去，尚未来到的也不要操这份闲心，眼前的事当下做当下了。

人生之难易，全在自己的心。缘可随，不可染着；事可做，不可执着。世上的一切都是大自然馈赠的礼物，所以，我们才有这丰富多彩的生活。享受着春夏秋冬不同季节的光顾，细品酸辣苦甜不同滋味的交织，饱尝顺境逆境结伴而来让人哭笑不得的无奈，经历了前行不得、后退不了，百般折磨煎熬后的觉醒。

磨难令我们快速成长，磨难锻炼我们的意志。磨难皆是善知识，磨难都是试金石。理应笑纳，真诚感恩！

参天大树之所以能顶天立地，它历经的不仅仅是狂风暴雨，还有严寒酷暑的种种考验。从一棵弱小的幼苗，经年累月而不畏艰苦地顽强成长，这份毅力值得赞叹！

大海丰富多彩而又充满了神秘。汹涌澎湃，波澜壮阔；浪连绵不断，风起浪更高。大浪淘沙，一波来一波去，淘尽始见真金。这如同我们在生活的大海里，一切不顺、不如意，甚至面临生死，是否能坚如磐石，不动不摇，彰显出那"不动声色依旧成"的精彩！

玉不琢不成器，人不磨不成才。要想成为参天大树，那就让暴风雨来得更猛烈些吧！要想活出人生的价值，那就成为大浪淘沙后的金子吧！

第三章

开启自己的悟性

　　万物皆可为师，时刻在启迪心性的智慧。世间一切本就是自己，遇见他们，就是遇见了自己。一抹绿，体现了清爽；一朵花，绽放在心里。从此不再寻觅灵山那一枝，原来本自具足！

　　一篙在手，悠然向前。平静的湖水揽月入心，不动分毫。山河有色不染尘，山河皆空满眼绿。每一个当下点滴都能成为开启悟性的契机，每一个瞬间与万物的相合都是灵明觉性在闪光。

　　世间万物皆有情，生命中一切所遇都是领我踏破空门，带我尽赏真性，步入更高的境界，升华终极的目标。

　　如果说有一个例外，那么这个例外就是自己。只有昧心的自己，没有不灵明的万物；只有不用心的自己，没有开不启的悟性。不识得，所以才迷了、昧了。万物尽在，从来没有哪一个缺席。

　　没有一粒尘埃少了分毫，没有一滴水滴失却半分。山河，智慧的导师；风月，开悟的契机。不与他人争，只在心上觅。能见的不能见的，统统在；能闻的不能闻的，尽空却。

　　一切现成，无需执求。这旷古绝今的迷团，当下就在眼前。万物有灵，在天地；万物可悟，皆在心。

　　一篙撑船，行舟江心。明月落潭底，是月清明还是潭水澈？皆不失真！用眼观者难断，用心会者了见。只这寒潭寒来明月明！

遇事練心

无事清修

甲辰 海法

自心的陷阱

人生就是一场戏，一场我们自编自导自演的幻戏。以无明心为编导，每一个情节都是处心积虑的设计，每一个演员都是执妄分别与贪、嗔、痴、慢、疑的变现。这剧编得太真实，这戏演得太投入，让我们不知不觉地迷失在里面，身在戏中而不知其幻。可谓这是一出我们自己主导却无力阻止的悲剧。

这无明心，惯用十分狡猾、非常魔幻的手法，编造出诸多虚幻妄相，就是要迷惑我们永远生活在这梦幻泡影般的世界里，就是要阻止我们去探求、洞彻宇宙人生的真相。所以，我们要时刻警惕。这颗心就是一个高级智能的大骗子，他一直都在欺骗着我们，算计着我们。

这听起来很可笑，也很可怕。可面对自心所设的这个陷阱，我们该如何破局，从里面跳脱出来呢？这就需要我们用智慧眼识破它，彻底粉碎它。

心本无罪，只因我们无明，方被迷惑欺瞒。只因我们遮蔽了那一点灵明，方被迷得神魂颠倒，做不了主。大千世界，万事万物，无一不是心的显现。只要我们能真正地识得他，无昧他，就不会本末倒置，舍妄求真。

心无形无相，本自清净。只是我们妄生了种种念想，方凭空多了千番万般。这幻心幻造，幻中生幻，辗转缠缚，烦恼重重不断。若能识破这无明烦恼之根本，能正确了见这一点灵明之下的空透，我们就会洒脱自由，时处自在。

只为空灵一点，通透全体。我们能识得本心，便能做得主。我们能做得主，肯定识得本心。识本心知妙用，识本心自得力。一切水到渠成，瓜熟蒂落。

心没有罪，有罪的是心的无明。我们当务之急就是要增长智慧，打开心量，提高道德，圆满人生。

让我们在修为中来提升，做一个明眼人。若有慧眼通观所有，那我们的心就是我们的眼，我们的眼也就是我们的心。照破那一切虚妄，照见那五蕴皆空时，才知这本来之地原来是我们眼所见、耳所闻，也就是春夏秋冬，山河大地，日常生活的点点滴滴。

一切的假象都如硬币的两面，一面正，一面负，一面阴，一面阳……世事皆如此，都在这一枚硬币上体现出来。若消除二元的矛盾，打破对立的格局，方回归一如本体。

原本无一物，只是自多心。有了执妄，有了分别，有了拣择，有了计较，就有了你我之别，就有了无尽的烦恼。

本来无一点对立，只为识心动妄生却了七情六欲之杂。若无有纤毫尘埃，本心还本心，清净自清净，又何来勤拂拭？

心本就是心，眼还是眼。所见之处，莫非心念。无生地里空无花，妙在无花结花果。这就是我们心的自然，这就是我们自然的心。

世界本就是简单自在的。只是我们的心有所拘缚，才有了这一牢笼之说。世界本就是自然空灵的，只是我们的心有了执着与缠缚，才有了这烦恼一事。

世界之大，无奇不有，但没有一事不在心上显、心上见，没有一事不在心上求、心上归。智慧的钥匙全在心上，所有的答案都会在破除无明、开启识锁之当下自然呈现。

常言要相信自己的心！可说只要你的心没有真正的智慧，那就不可信，那就不靠谱。一切盲目的自信，统统都是自负！

无明的我

自从自私的"我"来到这个世界，就开始了无休止的执求和烦恼不断的人生。

打刚萌发自我意识起，幼小的心灵就徜徉在凡事以"我"为中心的世界里，充分享受着一切都围着"我"转的那份独特的乐趣。

渐渐长大后，这种自我意识随着愈来愈强烈的欲望，继而演变成唯"我"主导的所谓的"理想"，其实就是妍皮痴骨、自欺欺人的疯狂妄想！

无论名利，还是权情，都要满足自我所愿。绞尽脑汁、日思夜想，一定要得到，是"我"的执妄；拼命索取、疲于奔命，一定要拥有，是"我"的执求。求而不得，促使那颗本来就不安分的心更加躁动。若一旦得到，那无底洞般的贪心更是欲壑难填，永不知足！

有了对自我的执着，生死的锁链会越缚越紧。"我执"往往打着为他人好的借口行动；"我执"常常狐假虎威来标榜凸显我的与众不同；"我执"一直让人站在"我"上为人处世；"我执"始终让人放不下，舍不得！

"我"不甘人下；"我"要出人头地；"我"要比别人强、比别人都好；"我"要主宰他人，让他人听我的！

"我"不察自己的错误，只看他人的过失；"我"所言所行都是对的，不容他人辩驳；"我"比他们有本事，他们都不能跟我比；"我"不可一世，不管到哪里都可以创造奇迹！

"我"遮盖了本我的先天灵明；"我"昧却了本我的原来真心；"我"早已认贼为父，背道而驰。

"我"为了我的目的不择手段；"我"毫无底线做不道德的事；"我"狡猾的邪智几乎欺瞒过了所有的人；"我"执迷不悟，不知悔改，别指望我的任何承诺！

"我"还是我吗？"我"之本我何在？"我"还能回到原来的我吗？"我"现今就是尚未觉悟的我！

悟"我"无我我；破"我"显真我；无"我"成就大我；跳脱"我"，得大自在的我！

无明的心造作了一个颠倒梦想的"我"，亘古至今，只有时处修，只有真正行，才是唯一解脱自我的途径。不要被"我"所迷，不迷即无我相、无我执。

烦恼究竟从何而来

我们都知道烦恼从心而来，那么心为何要生烦恼呢？因为无明！若随缘无心所作，烦恼从何生？烦恼由何来？

人不明此意，只想着如何能把烦恼彻底断除消亡，而不知只要自己有欲有求、有执着妄分，烦恼就不会无缘无故地消失。

当我们的修为到一定的程度，逐渐降伏了自心，心就会愈来愈清净，愈来愈起妙用。知一切既由心造，那么一切就能用心转。

烦恼无生处时，人不是很自在么？那么如何才能不生烦恼呢？幻心之意识，为幻上加幻。毕竟无，断何断？若识得烦恼的根源，一切皆虚妄不实，还执着个什么！

是非有无当在心生，若无心，这些也不复存在！若着迷于表相，看得太浅，不行；若进去出不来，住留其中，更不行；若应事而无执事，方为无事人。

身处世间，不可能总是顺风顺水，肯定多多少少都会有些不尽如人意。一旦有事情发生，我们首先要平静自己的心，把事情的来龙去脉搞清楚，然后再根据事情的性质及发展趋势，随机应变、调整化转，进而达到从根本上解决问题的目的。

一切皆在自心所意，现前行使。若心不迷惑，脚下无偏。时处清亮，自得安然。随缘任运，逍遥人世间，

你解决问题的方法，就是你智慧的体现。你得到的受用和益处，就是你智慧的结晶。道理虽然明通，但要现实践行。了无欲求，当下心安。

纵观古今修悟事，若无执心达无我，这个世界就是你的。人间无处不道场，若真能做到随应无住，肯定得大自在。

心无所相，性空无染。这个道理要在平常生活，点滴当下去体悟、去践行、去合道，用自己的见地功夫来实证。

心本无心可说，若遇人说人，遇事说事，遇物说物，这心无处不在，即应即过。顿悟其理，心本即理，理本即事，理、事、心一如。

无所执求无烦恼，空无法我无烦恼，心地清凉无烦恼，具大智慧无烦恼。烦恼本来无，只因识妄起。若能透脱过，脚下即安地！

哪是你的

世间万事万物，生灭自有法则。若不昧本心、是非无生，时处不离本体原位，还有什么可以迷惑自己的? 还有什么可以让自己起烦恼的? 还有什么可以阻挡自己前进步伐?

百味人生，无常多变，恍若如梦。若能明眼慧观，灵明洞彻，不在烦恼处住留，不在事相上缠绕，不在人我是非中作意，脚下自然无生地，一任平常妙法行。

若妄想世上所有都是自己的，先问自己的心能容下多少? 若能做到空无一物，何物何时何处不是你心之妙用? 太自私，常妄行，你求而不得。想得开，放得下，你不求自得。

你贪心不足蛇吞象，欲壑难填，想拥有和独霸一切。你紧紧抱住现有的不放，劳心费神，总担心有一天会失去。

这山望着那山高，你想得长远，但活得艰难。看到有更好的，就开始日思夜想，吃不进，睡不着，整颗心都在那上面。你可以不惜一切地去执求，想着法儿非得把它搞到手才行。

看到别人有的你没有，心里就不平衡，若真的得到了又马上显摆炫耀，生怕别人不知道。你不知检点和收敛，不知平常低调做人；你总爱出风头，永远喜欢把自己放在第一位。

自私而且虚荣，掺杂着多少伪装造作；多欲继而贪婪，只会无休止地索取；好强加上任性，在狂妄傲慢中自高自大。心胸狭窄，鼠肚鸡肠；猜疑妒忌，性情多变。若顺自己的心时，忘乎所以，趾高气扬；不合自己的意时，牢骚满腹，怨气冲天。

你在各种欲望面前臣服，充当马前卒，为满足欲望而拼命劳作。你被自己的执求心所掌控套牢，受它驾驭驱赶，不达目的死不休。你已经不是主人，你甘做无明习气的奴才；你已经身不由己，你很难让自己再停下来。你想活得幸福，活得开心，活得潇洒，活得有品位，活得有价值……这可能吗？！

世上的金钱、名利、物质、爱情等，敢问你能拥有多少年？敢问你能享受多长时间？敢问死时你能带得走吗？你甚至不惜用生命来换取所想得到的，到头来只不过是梦幻泡影一场空。

你所执求的正是你想方设法要得到的，你所得到的正逐渐成为你的负累。知足的人，绝不会深陷其中。贪着的人，钻进去就出不来。你累不累？自己最明白。你苦不苦？自己最清楚。

不要以为有漂亮美丽的容颜，就能征服一切。不要以为有钱或

143

有权有势，就有多么了不起。不要以为每天被人簇拥着，就高人一等，就比别人尊贵。

不要再昧心继续欺骗自己了；不要再沉迷在空洞的幻想中；不要再把自己的意识强加于人；不要再拿自己的尺子来丈量一切。

若还不清醒，就会一直活在梦中梦、幻中幻的世界里。你越是喜欢什么，越是想得到什么，一个个五光十色的泡沫就会飘然而至，刹那变成一串串美丽诱人的项链，把你牢牢地套住……你没有了主见，你失去了自由，你伸展不得，你欲挣脱出来……

可是，渐渐地你习以为常，逐步上瘾，常常乐此不疲，甚至还洋洋得意地认为：他人都不如你，这一生值了！

待人生的泡沫粉碎了，一切又回到现实。那时，你可能已步入风烛残年，也可能奄奄一息，该走了。后悔也好，不后悔也罢，梦总归是梦。你当时没有看破，被它所迷惑。若清醒得早，还有路可以选择；若始终执迷不悟，只能是一条道走到黑。

你的在何处？我的在哪里？莫贪图这华而不实的名利，莫留恋这聚散离合的世缘，莫在意这修悟人生过路的风景，亦莫执着这最终得到的结果。

是你的不真实，不是你的也虚妄。只要把执心我相顿断破除，世间所有皆幻境。不再被迷惑，更不会驻留。当你走过去之后，所谓的现实本来无，所谓的世事亦空幻，所谓的成就无非只是一个虚名而已!

　　哪是你的? 哪是我的? 随风飘去，两手空空，空心无物也。一江春水向东流，还回头吗? 满眼春色不见景，谁人境界? 人一旦作到头了，肯定没有好果子吃!

莫做情绪的奴隶

心之为王，纵横十方；心若做不了主，那就会徒生烦恼，沦为情绪的奴隶。

纵观古今多少事，哪个不与这个"心"有直接关系！无论是个人生活上，还是社会公共事业作为中，都必须在心的范围内行使一切。

我们都希望自己生活得快乐，事事都能称心如意，一生吉祥平安，可始终降伏不了自己这颗执求不安分的心！各种欲望接踵而来，把自己一步步推进了无边的忧悲苦海之中……

人生的道路并非易行，亦非难走，关键在于能否时处当下把握自己的心。心平能愈百病，心安处处家。

人之善良本性展现出天使一样的爱，人的丑恶一面暴露魔鬼般的邪恶。我们如何在这无常变化中看清自己，不迷失、不陷入难以自拔的境地？

只要守住自己的心，不为外在的一切所转、所干扰，那就是人在世俗而不被世俗所染着。

我们往往自视过高，以为自己了不起，真把自己当成回事，从骨子里面有一种不甘人下的狂妄和傲慢。对名利权情的贪心永不知足，欲壑难填。得寸进尺，导致越走越远；欲罢不能，落得越陷越深。再想回头难！

这烦躁不安的心，就像错乱而永无休止的音符，整天激烈甚至疯狂地跳动着，直到疲惫不堪，直到油尽灯枯，这人生也即将走到尽头。

任何时候都要保持理智，时时觉知自己的心，不能动心，如天边之月，波水难动丝毫；似一湖静水，明如镜，将世间百态呈现无遗。

要做心的主人，只有这样才不至于乱了方寸。不动心，就不会产生情绪。情绪之所以波动，就是因这个心有执妄、有欲求。

自己起情绪莫怨他人，自己起情绪莫赖事情，自己起情绪莫叹时运不济，自己起情绪莫怪客观因素！

若自己的心出了问题，不知自省，总向外看，找其他的原因，不但不能从根本上解决问题，还可能错上加错！

于茫茫大海中航行，只有掌稳舵，方可乘风破浪，扬帆前行。人在现实生活中，心不犯糊涂，行自然正直。那么，这梦幻般的短暂人生，既是自己闲赏的过往风景，更是成就自己的寒热之地！

没人添堵，是自己跟自己过不去

人心只要不安分，就会无事生非，没事找事。若心不清净，那肯定种种烦恼不断。所以，凡事都要从根本上着手。若不明"心病还须心药医"，总是向外找原因，不仅解决不了问题，而且还在无形之中给自己添堵，为自己找不痛快。

有的人不论发生什么事，都片面地认为是他人成心跟自己过不去，有意找麻烦、欺负自己……把一切责任都推给他人，还人前人后去抱怨指责，好像自己很无辜。活脱脱就是一个受害者。

这就如同有人走路被石头绊倒，他不说自己眼神不好、脚力不济，反而怪这石头讨厌、可恶，挡了自己的道，脾气暴躁的人甚至还会踹上两脚，咒骂一番。虽然这是一种极端可笑的例子，但现实中，人或多或少都有过类似的行为，或正在做着相同的事。

一味地埋怨或向对方发脾气，解决不了任何问题。即便把责任推脱得再干净，也掩盖不了自己所犯的过失。若不在自身上找原因，不在栽跟头的地方吸取经验教训，却归咎于外，迁怒其他，把他人当绊脚石，这样的人非常不明智，这愚蠢迟早会让他付出沉重的代价。

缺福少慧、做事不顺利，怎能说是他人没给你创造好条件？怎能说是他人故意拖你的后腿？怎能说是他人给你带来的霉运？

他人没碍你的事，也没障你的道，是你自己给自己添堵。你心胸狭窄，格局太小，因而不能辩证客观地看待当前所发生的事。你满眼看到的都是他人的过错，岂能反观觉察到自己的不足？

若你有一定修为功夫，就会先在自己心上找原因，搞明白问题的根本所在，进而知道是自己而非外在的一切造成这样不堪的局面。与其怪罪他人，不如先把自己的心平静下来，用理性分析，做出正确的判断。待彻底放下了自己，所有的事就不再是事，所有的问题就不再是问题。

无明的心是一切烦恼的根源，若不从自身下手，老是向外看、找其他原因，如何能解决自心的问题？有时隔靴搔痒，劳而无功；有时南辕北辙，背道而驰；有时所作所为不但于事无补，而且还适得其反，导致问题越来越严重……心的障碍当用心来疏通，当用心来转化，当用心来了过。

只要懂得自省，自然就会明白：没有了对自我的这份执着，所谓的他人添堵，跟你过不去，等等，一切障碍，都是庸人自扰！

遇事就认为有人给自己添堵，实则是你堵上加堵。若随应事而无住事，还有添堵这回事吗？这堵是自己给自己添的，如果你心里没有纷扰的牵挂，任谁堵也堵不住！

怀疑他人给自己添堵，这疑心一生，本身就是堵。自己跟自己过不去，心里不畅快，没事找堵。从根本上讲，没人能给自己添得了堵，其实都是自己堵自己。

若执拗地认为他人给你添堵，这堵就很难疏通。堵住了心，只因你心量小；气不顺，只因你怨气大。你把这堵安在自己心上，就成了迈不过去的坎，踏不平的高山。

人若无我执，脚下的路就走得顺当。若始终有个"我"在，有颗执着的心，就放不下、不自在。修为功夫如何，全在自己的心。脚下的路靠自己的心来走，心透亮了，脚步自然轻快，否则，就起不了脚，迈不动步。

若走路不小心被绊倒了，你是决定改变自己，还是选择抱怨世界？当慎思！莫自己跟自己过不去，给自己添堵！

夜的启示

说不清多么漫长，说不清多么短暂。这一夜的路程你能到哪里？人生，匆匆来，又匆匆去。一路直行，这目的地在何方？也许没有人知道，只一个劲儿地往前走。在迷梦之中这一夜很长，很长。在无明之中这一夜似乎没有尽头！漫漫黑暗将我们无情笼罩，深而沉，久而长。晨曦何时到来？

这"夜"的鬼魅撒下一张遮天蔽日的黑暗之网。我们拼命呼喊，苦苦地挣扎，仍寻不到一丝光明，看不见一点希望。然而，绝路就是最好的出路，相信终归会苦尽甘来。

看！繁星渐渐消逝，天边的一抹鱼肚白跃然眼前。黎明的光辉伴随着阳光的温暖，驱散了那令人窒息的阴冷黑暗。

这一路风雨兼程，跋山涉水，一言难尽，但脚下的一切都已成为过去，当下的所有皆在心头绽放出美丽的花朵。

其实，黑暗本来无，只为心中有这一相，方才呈现了这一夜。只为心中有黑暗，才有了这夜的无奈的凄凉。若能识得这黑暗本非黑暗，此光明亦非光明，那么，我们就能造就那凤凰涅槃、浴火重生的不朽传奇。

可惜很多人做不到。只有在那无明黑暗中饱受痛苦煎熬，难以见到自心的那轮明月。他们只看到黑夜中的黑暗，却看不到黑夜中的光明。他们不知，若有黑暗，那是从光明而来；他们不知，若寻光明，那心中肯定隐匿着黑暗。

所以，我们不能执迷于相，要从根本上识得这夜的意义。如此，那我们就看到了晨曦的光芒。若不能透过这夜的表象，我们就见不到那一片鱼肚之白，看不到那一轮朝阳旭日。

人生修悟本就是要踏破长夜的黑暗，迎来黎明的曙光。可终究指引和决定我们走进那光明的就是我们自己。

脚下的步伐切莫停留。正是在这脚下，我们能了见万物本空，黑暗亦然；正是在这脚下，我们能识得须弥尽在，光明同合。若有此番明见，我们就能在这天地间，为自己找到一个出路，为自己找到那本来面目。

夜无罪，只是我们的心不明。本来没有黑暗，只是我们心中缺乏阳光。不如抛却对黑暗的偏狭之见，放下对光明的执求之心，让我们容纳一切、拥抱所有，让我们从黑暗中见到光明，从光明中识得黑暗。只有这样，我们才能彻底识破这明暗两边原来相生对影，毕竟如幻。

　　当立于晨曦中，转身再看，原来这一夜镜花水月本是幻化。黑暗从来无，只是心迷昧了；光明亦非真，只是一时迷落了。一时暗，一时明，一时无，一时有，哪个是真，哪个是假，恐没人说得清。

　　此一夜片刻未曾停歇，究竟谁能做得了主? 见善恶，见是非，见好坏，见美丑……皆为空，实非真。只此心地大闲歇，一轮清明常寂空。我心依旧直向前，莫论黑暗与光明。这一夜本是我心的启蒙，这一夜本是我心的光明。

有时出路就在绝路

人都有美好的向往，都希望万事如意，幸福快乐，一生平安。但我们这个世界本就苦乐参半，无常多变。各种苦难、天灾人祸，往往在不经意间就悄然来临、突然发生，让人猝不及防、惊慌失措。人们恐惧、排斥，却又逃避不了，只能一次又一次无奈地败给它，直到斗志全无，只好听天由命。

纵观古今，那些在困难险阻面前屡战屡败、屡败屡战，百折不挠，最终如愿以偿者，无论是在事业上成功，还是在修为上成就，他们所经历的磨难，常人难以承受；他们所吃过的苦头，常人难以想象；他们所具备的强大心力信念，常人难以企及。所以说，若不通过大挫折、大挑战、大考验，千锤百炼，百炼成钢，就不会成为各行各业的精英。

困境绝路现前，并非注定了失败的结局；天灾人祸降临，也不意味着彻底的毁灭。只要端正心态，换个角度去思考，你就会发现，一切绝不是自己想象的那样。

这个病苦出现，那个灾难来临，不仅促使人反思自省，吸取血的教训，避免重蹈覆辙，还锻炼人的意志，提高人的道德品质，让人更加坚强，鼓起勇气，来坦然面对人生的一切。

有时身处险境，潜能被激发，人自然会找到出路。于穷途末路，险象环生时，破釜沉舟，置死地而后生者，常常能开创出一番新天地。此类事例，不胜枚举，所言非虚。

"不经一番寒彻骨，怎得梅花扑鼻香。"倘若没有艰难岁月的洗礼，我们就不会历经风雨而长成参天大树，为他人撑起一片天。

人的一生，不可能全是一帆风顺，没有一点碍障。在磨难面前，你心生畏惧，被外境所控制；你低头认命，昧主作奴，不得翻身；你软弱无能，不敢面对，它就是阻挡你前行的一座不可逾越的大山；你无限夸张放大它的恐怖面目，你就会被它吓倒，简直没有活路。你感到绝望，就没有了生机；你满怀希望，就不会倒下。你认为它是道途中的过往风景，任由闲赏而不着意，那何处不逍遥自在，什么不能一脚踏过！

不执着，出路即在当下。只要有智慧，会用心，在生活中修，在点滴中行，无时无刻不在用心感悟，你的人生一定很精彩。在磨难中历炼，在磨难中体悟，在磨难中如愿以偿，在磨难中成就自我，在磨难中铸就人生卓越辉煌的金字塔……这磨难的确功不唐捐！

没有磨难，何来成长。不经小死，哪能大活？莫只着眼于令人神往的结果，而忽略那艰难拼搏的历程，这世上没有免费的午餐，没有不劳而获的美事。

不要执着而错误地以为困难和艰险是障碍，其实它是帮你早日成就的助力。若左顾右盼，畏首畏尾，就会错失这历境练心、切实体悟、提高见地、勘验功夫的大好机缘。玉不琢不成器，人不磨不成才。我等高声疾呼："让暴风雨来得更猛烈些吧！"

"山重水复疑无路，柳暗花明又一村。"能死处得活，绝路逢生之人，方不昧自己，不负此生！看，古圣先贤，哪个不是经过千难万险，九死一生，最终凤凰涅槃，浴火重生，与天地同齐，光耀人间！

世事无常，人生充满了未知数，我们究竟该用什么样的心境来面对这所有呢？只要心地无私，胸怀坦荡，随缘不变，不变随缘，就能逢一切人，遇一切事，都宠辱不惊，从容淡定，当下了然一笑过，洒脱华丽转身去。若无这心量、智慧、德行，怎能顺应无住而荷担天下！

有活路就有出路，有出路就不是绝路。那么，出路在哪里？在脚下心安地有，在无所畏惧中生，在不屈不挠时出现，在生死攸关、智慧化转处得。出路在心，唯根智性慧通达。于险境脱困，自得出路，原来平常妙法行。

　　你想有出路，若连死都不怕，还怕个什么？如果不把绝路放在眼里，心无绝路，何处不是出路？人向往未来，脚步不能错乱。在苦难面前，在绝境当下，在生死关头，你心平气和吗？你起脚迈过吗？于有无两边，于彼此对面，于得失之间，你分别个什么？你取舍个什么？一切本来空！

　　历历清明月空挂，烁烁波动闪浪花。
　　青绿含黛碧玉翠，孤峰绝顶第一家。

　　若能看得破，放得下，何用觅求出路？若能空心无物，了无绝路，言何出路？绝路出路，皆迷者道途之路；无事不生非，即为本来人！

得失都是假象

得之喜，失之忧，只要有得失感，人就容易失衡。得时，很容易助长人的贪心；得不到，情绪就会低落消沉。

生活在这个快节奏的时代，残酷的现实，时常叫人觉得艰难，不敢面对，尤其执求执念比较严重的人，更是苦不堪言！

有人由于不甘人下的好胜心和喜欢炫耀的虚荣心时常作祟，促使其拼命地索取，不择手段地来达到自己的目的。

当今社会，人与人之间钩心斗角、互相争名夺利的不良现象，比比皆是。有时明知成功的几率并不大，但还是按捺不住内心强烈的欲求，想方设法，费尽心机，其结果不是与人反目成仇，就是闹得两败俱伤。即便侥幸得到，自己也被折腾得筋疲力尽，扒去一层皮，丢了半条命！

倘若多年心血将付诸东流，一切的努力全都落空，这沉重的打击，承受得起的有几人？往往一蹶不振，很难再振作起来。

世间种种痛苦的根源，就是把虚妄不实的那些执以为真。始终纠结徘徊于得失之间，活得特别心累，一点都不快乐。烦恼接连不断，一直不得安生，不断重复上演着以往的悲剧。

坎坎坷坷人生路，走得艰辛，无不因有欲有求。自心坚固的妄想，鼓动着让人深陷其中不可自拔，常身不由己。若执心不死，欲得解脱自在的安乐，无疑痴人说梦！

得失都是假象。放不下，就被它所困！得失都是假象，被迷惑，就钻进了它的牢笼。

一轮清明天边月，心如寒潭映千秋。生活修行，修行生活，应随缘尽心而无住任何。

该得就得，失之任它。顺，就让它顺；逆，皆由智来转。凡所逢遇都能做得了主。不求得到，不怕失去。过往云烟终是幻，假象必幻生幻灭。时处不染着纤毫，乃明白人智者无疑！

忍辱的最高境界是无我

为何要忍辱? 为何修忍辱? 什么是真正的忍辱? 从世间法来讲, 忍辱就是要心胸开阔, 大度包容。凡事想得开, 肯吃亏, 能忍则忍, 能过则过。即便他人对你不利, 也不跟他人一般见识。可说只要有我相我执在, 就还得修。只有达到无我时, 方达到了忍辱的最高境界。

若修忍辱多年, 无明习气依然在, 则不得忍辱要旨。若勘破忍辱, 透脱忍辱, 何辱何忍? 凭么忍辱!

若你修忍辱, 可"无我"没跟上来, 那就会憋得难受, 闷得够呛。若你强忍硬撑, 过度透支, 心情郁闷不佳, 五脏六腑紊乱, 时间长了就会生病。若你表面上忍, 心里却咽不下这口气, 怨恨长期积压, 一旦忍不住就会爆发。若你忍辱而无我, 忍辱非忍辱, 不但无忧悲苦恼, 而且一切都相应相顺, 定会六时吉祥, 体康道隆。

为忍辱而忍辱, 不行。未达忍辱无我, 也不行。若忍辱而无执住忍辱, 此忍辱实非忍辱, 言忍辱时早已过!

若于现事提得起, 放得下, 空明自在, 你即无为大丈夫。忍辱的境界不一，结果自然有所不同。若忍气吞声，你只知这个"忍"字表相。若强行压制而忍，你还没有解决内心深处的问题。若在忍中不形于色，你已有一定的基础，但意根不净。若无忍而忍，忍而无忍，于忍辱无我而作为，这忍辱则已达一定境界。

今世风日下，人心不古。在现实中修，在生活中行，要做到不被乱象纷扰所迷惑，着实不易。那究竟该如何修，如何行？在做每一件事时，不以自我为中心，而是以有益于他人为目的，常行善事，不求回报，最终自利利他，何乐而不为！

你心底无私，无所畏惧。随缘不染缘，遇事不住事，逢人导化人，时处无离当下，平常行使本分……可谓没有你做不好的事，没有你荷担不起的事业。

古云："人不为己，天诛地灭。"这是说人若不修心重德，为天地所不容，而非不替自己眼前私利着想就会被天地诛灭。如果那样的话，世人越来越无明愚昧、这个社会越来越道德沦丧……这岂不教人都自私自利，导人执迷入邪？

若人人都无我执，都不自私，都为大众着想，这是祥和的社会，这是返本还元的世界。否则，背道而驰，出头无期。

若把心搞平了，空明无物，处为一切世事，无不应付自如，拿捏得当。

寒石清凉溪流淌，闪烁过往映月光。忍辱的最高境界是无我，只有你做到才真实。若能付诸践行，你将受用无穷！

忍者，无相忍何？辱者，无我何辱？若自在忍辱中无忍辱相，此正是"忍辱"的极致。若自在忍辱中无我无相，此已得"忍辱"的精髓。

梦幻泡影莫留恋，脚下无事自得安。
清水映得空月明，花红柳绿随他便。

当下事，当下了，还有什么？打开心量，我相我执尽消亡。若真的无我了，整个宇宙世界就是你的天地。

忍不忍？忍！就看你怎么忍？忍没忍住，是瞎忍！强忍之时，非真忍！忍有忍在，不净忍！忍处忍空，忍何忍！忍无忍心，忍非忍！忍无忍相，无忍忍！

明月耀三千，光辉尽遍现。绵密不透风，莫当俗物看。勘破名相，透脱里许，这忍辱非常人之所为意。

忍辱，无我时，正自在。忍辱，无我时，正得意。缘何忍辱？只要你无我相我执，大可不必把忍辱放到心上。

世界大，心更大

那布满星星的天空，从来望不到边际。我们生活在这个世间，就像那目光短浅的井底之蛙，看到的只不过是世界的一个微小角落，但愚昧的我们总以为自己见到的就是世界的全貌和真相。

人心的无明以及各种功能的局限，往往让我们对这个世界的认知有缺陷，甚至错误或歪曲。每个人看待世界的角度不一，每个人眼里的世界就不同，人生因此而有差别。

纵使世界五彩缤纷，变化万千，也有其规律可循，但最终却无离人心。所以，要想看到这个世界的全貌，就必须打开我们的心量。只有心真正开阔通达了，那么我们所见到的世界才会广大无边，所见到的宇宙才会真实彻底。

世界从来只在心里。若我们的心无量无边，那整个宇宙便没有边际。若我们心胸狭窄，那整个宇宙也就是眼睛所能见到的"井口"这么大。让我们打开心胸，站在更高处来看待世界，看待人生。

人的格局大了，视野开阔了，那所见到的世界相对就比较接近真实。因为了明世界的运行都有其自然律，就会立于这个自然律去看待所有。

在面对当前所发生的一切时，就不会再局限于狭小的那一点自我，就不会再动妄去争辩那是与非、对与错。没有自我意识的拘束，那所见到的世界便是自己本真的反映，而非强加了个人的意愿和狭隘的见识。

在现实生活中绝大多数的人看他人、看事情、看世界，本身就强加了自己狭隘的认知，时常都带有一定的偏见和喜好。

每个人都有自己的内心世界，而人人皆有不同。这就是为何人们的看法常常不一致，会发生冲突的原因。

若想在这个世界上活得开，活得通透，那必得扩大眼界、敞开心扉，用一颗广博的胸怀来接纳世界，来包容整个宇宙。只有格局变大了，视野拓宽了，我们眼前的世界才会无边无际，我们的心通达的每一点才会呈现整个宇宙。

这样，在心和物质的世界里，我们占据着一个主导的地位。若我们能掌控自心，让它能变得广博无边，让它不再受这个自我的拘束，那物质的呈现，就是心的灵动。

若有这样的格局，可说整个宇宙皆在我们眼底清晰明了，所有的人事皆在我们心中明明白白。当格局不同，视野不一样时，整个世界便因为这一点的不同而变得焕然一新。

莫要为生活中鸡毛蒜皮的事而遮昧了自己本应有的广阔世界，莫要被狭隘的自我意识遮蔽了整个世界的丰富多彩。只有站得高，才能望得远；只有心胸宽广，才能容纳自然宇宙。

世界之大，若要想识得全部，必须打开自心。若紧紧地关闭心门，心中只容得下自己这一个"我"，那我们的世界一定是非常渺小的。

通天通地，心自然与宇宙同齐。没有人能主导我们的世界，没有人能障碍我们的视野。让我们的心来做主，一切皆由心来定夺。无论何时，只要放下这一点自我的局限、这一点小我的遮蔽，那我们的心就会纵横自在。

当立高峰顶，绝处还无生。道荒人绝迹，满山碧无情。这一点，那一点，全都在这心底呈现。这一丝，那一丝，尽在这天地间纵横而不见痕迹。

世界破碎，山河依旧。这般事，谁人能识，谁人能见，又谁人能通达彻底？所见非他，非他所见。只此一点，一眼如空。这一眼能见得什么，这一眼还能识得吗？有眼不识空！

高山流水，景色本空。依然种种，我心永恒。这一番见识只在心底相见，这一番视野只在眼里相照。心比宇宙大，宇宙自心上。
同体同相合，一眼遍虚空。这站得高的人，肯定看得远!

看开了就活开了

心有百般爱，舍不得。心有丝丝情，放不下。心有千千结，解不开。心有层层坎，过不去。因无明执心造作无明心病，病体难安。因捆缚拘束了自心，很难洒脱自在。多少忧悲苦恼，多少压抑烦闷，百般煎熬，万般无奈！

心病还须心药医，只要有信心，无疑无虑，相应配合，就能断除无明病根，从颠倒梦想中解脱出来，就能打开自己心灵的窗户，别有一番新天地。

春来百花开，风光无限。心花若绽放，一片祥和。要想像天空的鸟儿一样自由飞翔，要想像大海的游鱼一样穿梭自如……必得回归自然，回归心性。

人之所以纠结，是看不破，想不开。心有挂碍牵扯，就不会开心快乐。若种种烦恼被智慧化转，肯定会得到利益和受用。

得不到，不要强求。能得到，也不会长久。什么你的我的，人生原来一场梦，梦到尽头终归空！

人有欲求，不得安分，实因心不平。如此，心如同汹涌澎湃、波浪滔天的大海，难得宁静时。心若似一潭清水，映显万物，任来去隐现，过而无痕，即应无所住。

人不老实，心事就多。在这个世上，有很多事不是自己所能预料的。若具有一颗大度包容、随缘不染缘的心，那就不存在任何问题。

人若一味地以自己的角度和标准来看待评判所有，这样就很难避免偏颇和误判。有时看别人不顺眼，是自心出了问题。总自以为是、看不起人、嫌弃人，最终会得罪人。

人无完人，我们各有各的习气和缺点。在交往共事时，要彼此担待，不要小里小气、不厚道。

人生在世有很多事要面对、要去做。是憋憋屈屈地做，还是坦坦荡荡地做，这全取决于自己的心。

一个人看待事物的角度和格局，决定他自心境界的高低和应世智慧的大小。世俗常人看到的只是一个表面现象，而明眼人能立体地看，透过去看，转着圈看，无不一目了然。

这一脚的深浅，只有自心清亮的人才知道。若对什么都一无所知，一旦落陷困境，前行不得，后退不能，左右不逢源，这就是无明愚痴。

言道三千，当下一点。若把这一点透过了，转圆了，可谓在这个世界上没有什么能阻碍你，没有什么能束缚你的手脚。心彻明，自了然，把事情的来龙去脉搞得一清二楚，事情就很容易做到位。

任世事无常，人心多变。当管好自己，照顾好脚下。仁者无敌，智者无惑，行使一切圆融无碍。否则，寸步难行。

寒潭清水月，天边皎洁光。万物相交融，分明心亮堂。心包太虚，量周沙界。一念三千，本自如如。若非如此，那是心量还没有打开。

要想活得开心，从自心上改变。要想过得快乐，破除自私小我。若心胸狭窄，德行不佳，岂能达己所愿！

磨难，每个人都有。若把它当成自己在现实中的必修功课，那意义就不同了。历境炼心，借事炼己，修悟增上，何乐而不为！

要严于律己，宽以待人。对人好，自己也好；对人不好，自心难安。为人处世，做人的底线就在这道德上。走好当下这一步，平稳当下这一脚，心行一如是。

别人不如你，应该给别人一个锻炼成长的机会。若别人比你强，莫妒忌，要虚下心来向别人学习。

想开了就看开了，心里就不再堵塞了。若门打开了一半，另一半就是障碍，证明还没彻底通畅。若门全都打开了，这才真正敞亮，来去无阻。

世事人心每一天、每一时、每一刻都在发生着变化。若这一切尽在自己掌握之中，于根无动地而随缘智转，就能当家做主。应事不住事，事事而了事。若做到如此份上，何尝不是率性天真，任运逍遥？心底无私天地宽。每一步脚下都是行做本分事。帮助别人，成就自己。助人为乐，乐在自心。处为一切事，要用心来观察，要用智慧来转化，要用慈悲心来接济。

人活在世上，要活得有意义、有价值。若整天浑浑噩噩，犹行尸走肉般，这定是个苦不堪言的人生。灯一闪一灭，刹那瞬间。无常的人生如同那梦幻泡影。莫放逸，当珍重，修悟刻不容缓，只争朝夕！

话说三千遍，真意一点点。若然透得过，明月心中显。有智慧，什么烦恼不能消亡？什么困境不能跳脱？什么人不能相处？什么事不能周全？

凡事看得开，活得就痛快。心路要通，道行要正。然心若不明，想走好脚下路，门都没有！

简单的生活，最大的快乐

在现实生活中，我们是否因为自己的贪心而去执求那些名利权情？我们有没有认真思考过，人活着的意义是什么？真正的快乐又是什么？

不怕穷，不在于富，其实快乐与贫富无关。生命的开始和终点，不是以名利的得失，物质富足和贫穷来标识人生的成败，而是以精神充实与否来彰显人生的价值。

人生的快乐，不是由你身居高位、拥有多么大的权势所能决定的，也不是由你富可敌国的身价所能掌控的，而是看破世间所有，放下心中的执着，无欲无求，率性天真，以一颗平常心随缘处世，自然而然体现的。

要想得到真正的快乐，先把自己的心搞明白。若还不能认识到这梦幻般的人生本就是虚妄不实的，皆有生有灭，无不缘聚缘散，那就会落陷沉沦其中难以自拔。

只要心有所求，那执着就会接踵而来。得失的喜忧，成败的乐悲，还有那难舍难分的迷爱痴情，更有那使人颇感无奈又痛苦的生老病死。这些始终贯穿人的一生，不断地演绎着人世间的种种苦戏，以及令人啼笑皆非的闹剧。

浮云遮望眼，花花世界的一切迷惑了自己的心。少有清醒多半迷，红尘滚滚湮没身。何时心似那明月，一轮空行耀古今。这皎洁之光辉，永久恒长，天地相交融，只此一绝妙之境，是那么清明柔和，平常自然。

我们之所以不能平常地快乐生活，只因那颗不安分的心有太多的不平，有无休止的执求，有欲壑难填的贪婪，有贡高我慢的狂妄自大，有总想高人一头、不甘人下的好强。就是这些刚强无明，烦恼重重，愚昧至极，根深蒂固的习气，把自己葬送在这浑浊不堪的社会大染缸里。

当下的觉醒，往往是建立在受尽苦难之后，否则，很难从一个迷昧心智、久已成习的惯性中把人拉出来。知足可常乐，淡泊是清福。人只要活明白了，也就活开了。一切所谓的得失都是假相。若被它们的外表所欺骗，你就很可能会陷入疯狂的追逐和拼命的索取中。

人的本性都是善良的，可因染着的习气，导致了人心的无常多变。一些不好的念头和行为，使自己不知不觉地偏离了正常的人生轨道。没有了道德底线，只剩欲望的贪求，最终沦落成为一个没有灵魂的躯壳。

　　在这短暂的人生中，不要继续追求瞬间即逝的昙花一现，而是要把握当下那心中永恒的快乐。你本来具足，我也不曾少一点。让我们的人生时处都充满着智慧的光芒吧！以简单的生活，享受最大的快乐，这才是我们人生的心愿。望脚踏实地，各自努力！

告别以往的我

每个人都有自己的生活轨迹。有人时常对过去的一切放不下，不停地回头张望，留恋难舍。偶尔遭遇一些不愉快，便触景生情，浮想联翩；若碰到高兴的事，更是回想追忆，不忘春风得意时。可谓千丝万缕，缠绕不清，酸辣苦甜，五味杂陈……

过往种种曾经让你幸福过也好，让你痛苦过也罢，当知，这早已成为历史，而今你已步入新的生活，如果再继续重温旧梦，沉浸在里面不能醒来，那就不能活在当下。流云飞梦，一切随他去！无论增添的精彩，还是遗落的败笔，人总是要往前走的。

频频回首，万般不舍，那是痴心不死；眼望前方，迷失脚下，那是好高骛远；执着于当下而不能超越，更是画地为牢，作茧自缚。

过去的我不是我，现在的我也非我，究竟我为何？出路在何方？将归往哪里？忆往昔，是在迷茫中彷徨；看今朝，当下已起脚迈步！

不执着虚妄的我，必彻明真正的我，这我何非我？何为我？过去的我，早已灰飞烟灭；未来的我，根本就不存在；而现在的我，有事应显，无事寂空。

　　清凉水闪烁，当看天边月。尽扫浮云去，一轮照山河。本我具足，智慧常流露，纵横无边界。看不到，却处处显现；摸不着，却处处起用。一切尽在不言中！

　　本心自性是我，不生不灭是我，湛寂空灵是我，清净无染是我，山河大地是我，整个宇宙是我……全权统握，我到底是哪个？过去的我，是何我？现在的我，是何我？未来的我，是何我？我不在过去，也不在未来，随应当下无住时，再看！衔着百花去，伴随春风来，铁牛咆哮奔长江，那枯木龙吟又一番千古绝唱！

　　既不留恋过去任何时期的我，也不执着现在自以为真实的我。人只要心中有个"我"在，就有分别拣择、得失计较、无尽烦恼。何为无我之我，无相之相？清水一滴映万般，花红柳绿呈目前。境缘幻影皆是梦，纵横古今过三千。

　　过去的是过眼云烟，随风而去；未来的是梦幻泡影，毕竟虚幻；当前的亦未必真实，瞬间即逝。若迷惑，就会被拘缚，跳脱不出那无明烦恼为你编织的这张网。

　　告别以往的我，往后的路就好走了，待走到尽头，便成就无数的我；告别以往的我，此我亦非真我，一朝破迷开悟，还原一个本来的我；告别以往的我，所谓本我也是名相，当底穿洞明，即真空妙有的我；告别以往的我，当下的我是应而相生的我。告别后，直行去，莫回头！向前看，那是你现在必须走的路，踏过寒热地，还复本来面目。只要能把握本心之我，守好我，不执我，随应我，最终圆满成就我。

何以为我？此"我"之中自有妙义。拈花无法说，把将明月过。清风来相会，不见光影落。

通观所有，一切无不尽在里许！本心之我，你在哪里？自性之我，你在哪里？你在我心中坐，为何我却看不到你，不能亲近你，不能成为你？那么多年，那么长的时光岁月，我无时无刻不在寻找着你……相信终会有一天，让这不可思议的传说变成现实。

船到江心，月沉湖底。撑篙天下，纵横南北。拈来示众，凯旋而归，共唱无生曲！月亮天心卧，斗转星移过。江河奔流去，乾坤掌中握。

扬扬洒洒三千里路，尽在刹那回归当下。示表流宣至今，无非一场幻戏。今拈花者何在？破颜之人又在哪里？众星拱月，只是过路风景；孤明独耀，方才本地风光。

不要指望任何人

我们无论做什么事都不能一味地指望他人，他人能帮助你，但起决定作用的还是自己。若一味地依赖他人，只会把自己变得更加无能。

要想让自己变得强大，必须尝试着独当一面。不积极进取者，就会被社会淘汰。现代社会在不停地发展，人也要与时俱进。

人的习气反映在多个方面：没有担当、总想找个依靠，包括懈怠懒惰掺杂其中，这是常见的习气之一。

人是大自然的骄子，人是自己的主人。在应世间所有时，皆是提升自己的大好机缘。从每一个人、每一件事上，都能体悟到很多在书本上学不到的东西。

一个人有善恶两面性，一件事有利弊两重义。只有透过表面深入实质，眼才能看得清，心才能不被迷惑，自己才能从中受到启发，学到宝贵经验，从中得到警示，避免走弯路。

路在脚下，也在心里。脚踏实地就能走得稳当、走得长远。真正的自信，就是实力的象征。若实力不够也不应妄自菲薄。在哪个领域、哪一板块是短板就补哪块，摔倒不妨再爬起。

人都是从蹒跚学步到砥砺前行，再到有所作为的。从来没有人从一出生就是天才，就是大成就之人，都是通过个人的努力和外界的帮助，才走向了人生的辉煌。

若自己不发愤，再好的机缘，再好的条件，即便一切现成，就在眼前，也无济于事，只会坐失良机。

人生活在这个世上，要有独立的能力，不要妄想着有人能照顾你一生、帮你一世，甚至随时能给你遮风挡雨。你平常所指望的人，到时未必是你想象的那样，尤其在关键的时候……

人心是无常的，也是多变的。他人于自己有恩，要懂得报恩；他人对自己造成过伤害，当以德报怨来化解。

路是用心走出来的，只要有正确的方向及个人的付出与努力，事在人为，没有做不好的事和成不了的事业。

他人能做的事，我也能做；他人做不到的，我也许能荷担下来。我既然来到这个世上，我就要尽力把人生的价值和意义做到极致。

承受人生的不幸与困苦，享受生活带来的快乐。这是对自己的磨练和考验，这是发自内心的热爱。

人间正道是沧桑，当俯仰无愧于天地而自强不息。在现实生活中历练，在现实生活中成长，在现实生活中完善，在现实生活中圆满。

路边的风景再美好，但终究不是目的地。为你摇旗呐喊加油者，能鼓励你，让你增加信心，可临门一脚任谁都不能替代，必得自己亲自来迈过。

生而为人，就要对得起这个"人"字。无论做人还是做事，都要提起自己的心，付之于行动。不要将期望寄托于他人，因为你是最棒的！

拒绝消极情绪

在这个年代，"乐天派"似乎是一种特殊的存在。他们有屏蔽消极情绪的天生的能力，当然，也有自我鼓励和自我疗愈的超常本事，令人好生羡慕。

当抑郁症成为日益常见的心理障碍，一种普遍的社会现象，一个频繁议论的热门话题时；当抑郁人群从陌生人扩及了身边的人，甚至是自己时，此时"乐天派"显得那么意义非凡，弥足珍贵。

这个年代的人们，如同掉进了悲观的陷阱，不仅外在的诸般压力让人喘不上气，即便有机会喘气时，自己却还习惯性地呼吸着过往的苦难，不断地用各种负面的信息给自己念紧箍咒，用各种消极的情绪来喂养自己……不知从几岁时，我们好像就失去了哄自己开心的能力。

有人说，谁不想开心，谁不想享受生活，只是条件不允许，每个月贷款的压力如同巨石，艰难沉重，没有松懈的机会；上有老下有小，责任义务所在，每天都得打拼，没有时间放松……生活就这样被一一拆分成了一个个的咒语，从此封死了生命的生机。

鲜活不在了，快乐没有了，简单变复杂了。不知从什么时候开始，乐观成了不上进，悲观才理所当然，自己不知不觉地走进了一个误区。

可谓什么样的心，造就什么样的人生。乐观才是该有的人生态度，而消极情绪除了徒增烦恼，妨碍生命的健康发展，一无是处。

有的人看不破悲观的假象，顺着自己的习气毛病来，导致对消极情绪上瘾，形成依赖，继而潜移默化，由被动变主动地享受那消极的感觉，最终悲观成了常态，抑郁成了自我标签。

可以说，诸多乱象皆是病态。不正确的人生观、人生态度会伤害摧毁一个人的身心，甚至断送一个人的生命。若真能明白，人有很多活法，生活也可以选择，心情大可不必这样。一念之间，悲喜翻转。

如果生活压力已经很大了，为何不乐观一点，多看看事情好的一面，增添信心给自己减负？！如果生活本身已经很不容易了，为何不给自己多一点的阳光，多一点的鼓励，让自己积极直面人生？！总之，每天都是如此过，乐也是过，悲也是过，为什么不开开心心地过好每一天呢？！

事情不会因为我们悲观而变好，上天也不会因为我们忧伤而怜悯我们，一切都得靠自己来转。只有我们的心阳光了，世界才会光明。只要我们的心乐观了，世界才会变得美好。因为一切唯心造、唯心显现。

世界的样子完全由我们的心来描绘。要想为世界画上温暖的色彩，那就让自己乐观起来，阳光起来。做一个乐天派的人，用心的光芒照亮自己，温暖他人。让这心光大爱，能不断地传递出去。

换一种活法

岁月无情，匆匆而过，不会留下任何痕迹。任何夹杂着情感的不舍和留恋，在时间长河面前都显得那么渺小而愚痴。

不知道哪天，时间突然在某一个人的人生线上戛然而止。不是时间消逝了，地球停止运转了，而是度量时间的人身载体没有了。这人一旦离去，这一段也就在时光的轨迹里灰飞烟灭。

人总是多情，舍不得、放不下的太多，万般留恋的难以割舍。小至儿童，大至古稀老人，始终希望能留得住生命中自己的那些种种不舍。好像是时间的脚步太快，让他们还未来得及放下，就被时间生拉硬拽地去到了下一个人生阶段。

很多人不快乐，就是在时光中找不到自己的定位。时常生活在回忆中，无论是人还是事，老是让人产生幻觉，错乱了意识中时光的脚步。

放不下过去，就始终难以享受当下。有时又生活在对未来的妄想中，一个更美好的远景拨乱了时间的发条，无论是快还是慢，都变得不切实际。所以，妄想着未来，让人担当不起现在。

无论是哪一种，都是执着。对好的奢望，对坏的规避；对喜欢的向往，对不喜欢的排斥。就在这样的肆意分别中，我们总是错过当下。其实生活大可不必这样过。要多一点自在，尝试着换一个活法。

如果用时间长短丈量人生，人生是有始有终的。如果用人生无常描述时间，时间是有颜色的。始与终代表了人生的度，而颜色正恰是时光的价值。要想在人生有限的长度里，不辜负这时光，我们就当活得有价值、有意义，为时光抹上它该有的颜色和光芒。

每一秒钟都是最好的，莫要用曾经的忧伤来为当下的一秒抹上灰色，也不要用曾经的辉煌遮掩住了当下的光芒。每一秒都是不可复制的，就像每一个人在这个世界上都是独一无二的那样。

对未来抱有希望固然是好，但过度的假想是不切实际的妄想，于现实的一切不仅毫无意义，而且还会让人辜负了这当下的大好时光。

放下一切所执着的，既不要在留恋不舍中浪费每一秒钟，也不要在执着妄想里辜负最真切的当下。换个活法，认真地聆听时钟的滴答声，让每一声都响在我们的心里。

无情不是时光的心语，而洒脱才是我们该有的人生态度。时光的脚步铿锵而有力，他的远方是由我们的心来主导，他的质量也是由我们的心来把控的。

把握每一个当下，承担起每一秒的辉煌，用心的维度，用时光的长度来共同编织出那华丽的人生篇章。

让生命绽放智慧之花

生命是短暂的。若没有得到充分的利用或把握好，今生就等于白来一遭！

人所有的烦恼痛苦，皆来自无明。我们之所以修和悟，就是要断愚痴、除习气，增长自己的智慧。

脆弱的生命，经不起世事纷扰繁杂的颠簸折腾。生命的价值和意义，不在于名利权情、吃喝玩乐；不在于贫穷富贵、长命百岁，而是在于让生命更加精彩。

生命由心做主宰。若心始终都在道上，一切皆往道上会，那生命中的一分一秒都不会白白地浪费掉。

红尘中难修，只因无明习气辗转染着，误入歧途，沦陷更深，且不知红尘中好修。柴米油盐、吃喝拉撒恰好体悟大道，行住坐卧、语默动静正是用功之当机。

真行者会把时间当成黄金。时时刻刻珍惜自己生命的每一天、每一个环节。只要生死大事一天没有得到解决，就会精进用功，绝不敢懈怠半点。

故乡的一轮明月，从无变更，依然皎洁明亮。沦落异乡、漂泊无依的游子啊，这苦不堪言的日子何时才是个尽头！

现世的一切繁华，填补不了内心的空虚。尘世间所谓的情爱，无非一场幻梦。

人于世间踏脚暂停的地方不是终点，心地本来光明的那一片净土才是真正归宿。

生命固然宝贵，道缘虽然殊胜，是否能把握住它？切莫发迷犯糊涂！修智慧的心，悟无上大道，了却生死事，让生命绽放智慧之花，刻不容缓！

不想随波漂流，就要篙在我手，主得沉浮！

火中红莲终不坏

世间社会是个大染缸，有人为追逐金钱名利而费尽心思，拼命索取。有人为执求情爱魔欲而沉迷陶醉，不可自拔。有人为拥有权势地位、物质享受而投机钻营，不惜一切代价。

纸醉金迷、穷奢极侈的生活到头来终了无滋味。那时人犹如行尸走肉般活在这个世界上。如此，人生的道路也已走到尽头。可一旦失去这些，生活就变得枯燥无味，自己茫然无从。每天烦恼在增多，欢乐在减少。烦闷抑郁、忧悲苦恼，如影随形，整天浑浑噩噩，生不如死。

要放下这些执着，不要贪着物质上的享受，因为一切因缘聚合都是假象，无须为这虚妄不实的东西而耗费精力、葬送有限的年华。应活在当下，无昧当下，既不近忧，也不远虑，做一个真正的自在人。

修悟之人若被欲望所缠缚困扰，那是自投罗网、自甘堕落。若能像莲花一样高洁、纯真无瑕，出淤泥而不染，那么无论身处任何境遇都不改初心，究竟圆满，即火中红莲终不坏！

处世绝非一帆风顺，道途更是坎坷不平。往往境界现前，化转不了、迈不过去；受到挫折，失望懊丧、萎靡不振，那么，此时该如何尽快地从里边跳脱？

应知此既是无常，亦是定数。四季交替，春去冬来，虽然日渐寒冷，可还有太阳的温暖在。只要不动心，不造作，幻不生，妄不起，一切皆过眼云烟。

梅花无惧严寒，一身高洁傲骨。不同流合污而与世无争，始终默默无闻在冰雪中悄然微笑，这就是高洁品德的象征。悬崖之上，尽情绽放，你仰慕它、赞美它。踏雪寻梅处，正是求道时。

要在平常点滴当下，会用心，用对心。即把吃喝拉撒，行住坐卧，都与修行融合一起。可说每天、每时每刻都在修，都在无修而修。

这当下如何用功办道？即随然顺应事，任意周转事，不执事、无住事，根本就没事。脚踏实地地走，每一步都心安，每一步都轻松自如。

脚下的事用心做最好，心头的事用智慧了最妙。若脚下事和心头事本来一事，那就应事无住事。

若当下事当下了，这就是洒脱。当下事当下过，这就是自在。

若当下事当下提得起、放得下，这就是做得了主。若当下事不做当下事想，这就是智慧。

　　拈来一曲无生调，绝唱古今，微妙在何处? 拨弄无弦琴，空手奏妙音，从心性自然流露，盖天盖地。什么是火中红莲终不坏? 九九八十一难后再看!

第四章

明月心灯

　　空悬高挂独明，清冷不失柔和，银光普洒大地。月，穿越了时空的界限，就在你我的心底。心月，心性之辉光，古今不少分毫。智慧的魅力，永远遍及天下。

　　将心灯点亮，让智慧之光普照世界。令心灯相燃，让每个人都能复本还元。我是月，我是光，我是万物一切。不可寻我，不可觅月，只在江心见那涟漪摇曳，波水闪烁，一轮大好！

　　月沉寒潭，清。独耀孤明，难自赏。心是天上月，空明圆满；月是心中月，清明皎洁。这从不失色的月夜，伴随着甜蜜梦境，实现了神往之旅。

　　难寻，只因月始终是孤独的；难弃，只因月一直都在那里。独奏一曲心欢乐，山河齐唱；饮下一杯映月茶，圆缺同时。

　　风月清雅，绝唱世间。清明从来无色，皎洁亦不偏狭。心似明月明，不曾失，不曾少，处处在，天天有。本无圆缺，只是人多心。

　　挑起月头，苍天难负。这本来不空不色的一轮，如如自在。我心常明，与月共映。山河常在，青绿空华。

　　月是心灯，遍大地、呈万象，唯照不见自己。这孤独夜清冷难言，这明月光不偏不倚，自然本无余缀。孤月无争，堪堪平等。心中的明月让天地万物相交融。

　　唤月来，舞清风，智慧生有无；明月照，沟渠映，智慧破色空。早把天下纳怀中，一杯满月不过祭清风。不复返时，谁人在？噫！千江有月千江明！

赏千秋月

亮自心灯

甲辰 海法

路在何方

谁能告诉我这大好前程如何起脚往前走？到哪里落脚？如何来点亮这心中的明灯？我仰望天空，我俯首大地……倍受煎熬的日子，是否今已到了尽头？

道途漫漫，步履匆匆。脚下的路程还有多远？黑暗角落不见光明，迷惑不解无有觉醒，我如何走出这寒热地？

目标并不遥远，道路亦非艰难。只要道心坚固，锲而不舍，成功就在眼前！不盼望未来，不执留过去，我只在当下做好当下事。

前景虽然光明，但要走好脚下每一步。不计较这脚步的大小，但步步要踏实心安。无数重叠的脚印，说明多少人的徘徊，我时处当下而无住于当下。

高山仰望不止，海水退潮，默然寂静。此时方明，这都是幻相。海市蜃楼很美妙，它是自心想象的缩影。若于梦境中看未来，一切皆我识妄所生！

一步一个脚印地走，走到尽头方得大闲歇。这一片碧海青天谁能望断边际？风雨浪涛过后还那么美！

一步一个脚印地走，没人能阻挡我的脚步。无法历数那停留的时光，如今迈步，只走向那神往已久的净土。

这心声谁能闻，谁能知？这脚步谁能相助同行？每一点的进取，都是积极向上的动力。每一点的收获，都是努力自然的预期。

从踏上复本还元的路，直至找到本来面目，内心的疑虑困惑方释然。这一次又一次的辗转，自己原来根本依旧依然，不增不减。

这一道明光从朝阳里耀出，我的心已飞向四方……美丽的传说即将成为现实！守望了多少年月的沧桑，从内心唱出那解脱自由的歌，不可思议地获得了新生。

此时，放眼望去，一片绿洲！春风轻拂着我的脸庞，沐浴着我的心田，刹那，开满了无数庄严祥和的花，每一个人看到她们都感到无比亲切和欢喜……

充满阳光的身心瞬间化成朵朵彩云，随风起舞，飘向人间。霞光从脚下流淌，欢畅从心上升起。这妙音梵唱无生曲，不会停留在一个地方，无论到哪里，皆是家乡故土。

我从心灵深处呼唤众人归来，我举心灯给众人照亮前方，我留下足迹给众人指明方向，我当用生命引领众人回家。携手共进，相扶相行，同一个愿望，同一个归宿。

路途遥远，莫成心理障碍。把握当下，即可当家作主。目的地不在别处，其实就在自己的脚下！既不期望未来的一切，也不执着过去的所有，当下事当下了！

每时每刻都在生死的边沿，每时每刻都不辜负，每个人事都为历境练心，每次起脚都是踏往归元之路……

路是人走的，道是人选的，当用心来走。脚步轻盈充实，这大好时光不能白白空过！向往总是有所目的，到达方为真实功夫。若心力不足，脚力不济，走一步退三步，永远不能至达所愿！

起步艰辛迈步难，当下总被境缘转。
若心自有定盘星，拨转乾坤任颠翻。

船儿迎风穿梭，掌舵人手段如何？若竹篙一根天下齐，两边尽荡去，这日行千里随风而去。

古今一轮独出，天地交映光辉。空月自逍遥，漫步千江水，波波粼光，烁烁闪闪，满目清凉意，抬头星星点点……

光明遍洒大地，黑暗中充满着希望，你的向往也是我的目的。

困扰则烦恼，开心就快乐。道在脚下，人在道上，心行不二，一合大道。

从来没有迷失根本，贵在平常无喜无忧。风景秀丽是心的展现，愿望抵达是心的圆满。还有什么心事未了？还有什么不能放下？还有什么令人牵肠挂肚的？还有什么不能尽意了达的？

智慧心灯，内外通亮。既不后悔纠结以往的过失，也不得意炫耀今天的成果，明一切皆空幻，我不会有任何一点执着住留。

过往的风景逐渐淡出视野，一切虚无渺茫总要归于现实。梦醒时刻来临，我不会延续残留的旧梦。

性海泛起一叶扁舟，脚下别有一番洞天。当抚平心中的波澜，透过眼前的重山，雁过晴空无痕，月落寒潭悄然。息心罢手，处处皆安地，每一点都是无限。

波涛汹涌任由纵横航行，道路曲折不在脚下盘旋。走过千山万水，走过大江南北，走过脚下这片土地。每一段路程，每一点付出都功不唐捐！花开自然结果，无离前所种因。脚下门清，步步谨慎，时刻牢记做人的本分。

千川归大海，重山有峰头。我不能说我已至达终点，但脚下难道还有别的去处？让我们归家稳坐，把将明月，吃茶同欢，共参这微妙心禅。

新春来到，无限生机，极目辽望，每一棵青草，每一片树叶，每一朵鲜花，皆碧绿怀翠，娇艳无比……带着阳光与她们同和。道途变成了目的，脚下就是心耕的田地。在这里已扎根发芽，在这里已顺然长大，在这里已硕果累累，桃李满天下。

向往早已不复存在，究竟也着实了不可得。一切都是过路风景，一切都是相生对影！流星划过夜空，燃亮了无数天灯。刹那乍现，瞬间即逝，我不在梦中何须醒！

无论上弦下弦，这月亮本来圆。犹如我之性慧智光，她是皎洁的化身，她是庄严的形象，她尊贵高雅，她湛寂灵明……

天人合一，原来如是。这并不遥远，只在方寸间，心安即是家。言下知归，照顾好脚下。求之不得，歇即菩提。

月亮顶空圆，日头光灿烂。
同映交辉处，心灯耀三千。
起脚直迈步，一步天外天。
众得安乐地，个个化金莲。

梦里梦外我是谁

抬头见前路漫漫，回首望往事不堪。生命本就是一场梦，只是我们身在其中，不能察觉到自己的一念一行，所作所为，皆在幻化泡影里生了灭，灭罢生，生生灭灭，不得实际。

在梦中，我们欢笑，我们悲伤。在梦中，我们追逐，我们逃离。每一个时刻都在围绕着这个"我"转，都在执求索取，奔波劳碌。若能明白这一切都是那瞬间生灭的泡沫，那我们是否还能依然如此这般地生活？

世间的清醒，要识破这人生的梦境，知一切如幻，终究尘归尘，土归土。然而，这是真的清醒吗？识破这梦幻的人，这一念是否又在另一个迷梦里？若梦从未间断，梦中有梦，又如何来看到这个真正的"我"呢？

在这梦幻泡影之中，我们生活在这个虚妄的世界里面，能看到他人的不实，看到自己的虚幻，但看不到这一切背后的本质是什么！若一切如梦，那梦醒之时又是什么？若不能真正识破这生命的真谛，当醒来时，就会发现，这又是另外一个梦境。一个连一个，从来无有真实，都是虚妄的幻化。

世界如此广大，无奇不有。自心充满着欲望，我们不断地在其中追逐，最终迷失了自己。只有很少一部分人能清醒地回过神来，觉得人生好似一场梦，就逐渐放弃了那些执着，也就放下了心中的执念，但生活终归还要继续。即便是能察觉到这一切的虚妄，那当下的这一步该如何来迈？遇到下一刻的虚妄该如何来面对？这才是我们人生真正的课题。

若说每一个时刻都是虚妄的，那不妨就让这虚妄继续虚妄下去，也不妨在这虚妄中做虚妄之事。只要不在其中迷失，不在其中执着；只要我们心中清清晰晰，明明了了即可。

若梦中有你有我，那梦醒之时，你我又是谁？若梦中不再执着，那梦醒的一刹那是否还是执着？人生的真谛，总是在那呼吸之间，在那真假当中，不去执意强辨，只在处于每个当下时，我们能全心而为。

论真，何为真？论假，又何是假？只是闲名也！若心无分别，那本来就没有虚实，亦无这梦里幻，梦外真。只因知道了这人生如梦，我们才有了这梦里梦外之所论。其实执妄分别才是我们真正的梦魇。

不在梦里相见，也不在梦外相看，那彼此何曾会面？若心无着一点，只在幻中做幻事，亦在梦中清明了觉。此时，可说这样的人不在梦里不在梦外，只是随性而做。若能做心的主人，无论是梦里还是梦外，我们都洒脱自在。

生活，就是教我们要认真地生活，要珍惜当下的每一个时刻。只有活在当下而无执于当下，我们才能跳脱这幻影魔掌。在这个世界上，哪一处才是我们的安地？若是当下不在当下时，那这一脚立在何处？若是当下本非当下，那这一念又从何而生？

这觉醒之日有吗？当觉无觉时，方才证悟。若有所觉相，这一觉亦非本真。只因这一点灵明，就是当下的一颗心。当能识得这梦醒之时也是另一个梦的开始，那我们便不再执着于成为这解梦之人、这破迷之人。如不再执着于去解析那梦的规律，也就放下了心中最后一点执念。

当从心里放下所有，随缘应，应即了，根本就无梦里梦外。莫要在梦中迷，亦莫要在梦外去找。觉者本无梦，觉者无相形。只在本无迷悟中，方合于这大道自然，悟无悟地。

烦恼快乐，皆取决于自心。只有我们的心能如如恒常，方可于这五彩缤纷的世界里时处心安。不见悲不见喜，不见幻不见真，只在这清明了觉处见恒常真如。现前当下不要错过，不要昧负。

若每一分钟、每一秒钟都在计时，那这个滴答声，就是我们的心。生命短暂有限，时光不能倒流，我们永远都不要做那个后悔莫及的人。只是抓紧生命的每一分，每一秒，来到这当下的本来，成为这个当下。如此，我们才能成为生命的主人，才能成为心的主人。

若空心无物，那我们何必惧怕身处梦中？又何必希求那梦醒时刻？若心中本无执念，那我们何时迷过？又何时悟过？若心中本无凡圣，那我们成就成什么？众生又是何？在这个世界上，你我若需有一方安地，那便在自己的心上。这个无形无相，当下原本现成。

梦里梦外，我是谁？这个世界究竟是真是幻，难以说得清。只为真幻一如，在这言语吐露时早已昧却！这拿捏不得，抛撒不得，究竟是个什么？若在指掌间，还见那一轮明月吗？

只有领悟这生命的真谛，找到那恒常如如的心性，才能于根无动地随应无住一切。如是，分分秒秒间，我们是心的主人。当下点滴处，我们是心的主人。

青天依然还青天，明月照旧空行转。本来这个无影踪，梦里梦外如幻如影。还寻吗？还寻吗？终归到头一场空！

你我之间没有距离

无论在哪里两两相对，无论在哪里遥遥相望，无论在哪里隔空而语，无论在哪里念念不忘，朝思暮想……纵使春花美丽娇艳，时节过去也留不住它的容颜。雪梅点红挺立，寒冬中尽显风骚。往事才提，泪水满洒相思豆。念转清凉，朗朗空明一轮月。

百年情结，千年牵挂，万年不舍，心里还能装得下什么？一次次痛苦的离别，不堪回首，梦境早已破碎。这空中南来北往雁，你将去何处落脚？满腹辛酸愁苦事，凄楚悲凉在心底。我为你斟一杯清水敬明月，诚祝天下人平安长乐！

波水荡漾，船儿摇动，一把撑竹篙的手就在我的心上。划过激流险滩的千川，划过跌宕起伏的青山，划过白云飘飘的天空，划过漫长艰险的人生……

岁月的残酷，如流星般闪现，一片净土在脚下还那么安然。火热的年代早已成为过去，心上的那朵青莲至今还在慢慢地等待开放。你走在前方道上为我引路，你站在山顶之上为我呐喊，你在我身旁为我护持，你在我脚下支起万丈云梯，直通九天……你是我的良师益友，你是我的直言诤友，你是我携手共进的同修道友。

阳光之下没有阴暗，两颗真诚坦露的心相印，没有距离。你是我存在的意义，我是你生命的动力。指下有自性的月亮，脚下的足迹启发前行的方向，智慧借助语言大放光明。若你有大爱的悲心，世界每个角落都充满着温暖。我和你融为一体，我和你日月共辉，我和你普照山河大地，我和你在须弥山巅顶立。

黄叶纷纷欲断魂，相思桥头几相会。悲叹人生空华梦，婆娑泪眼又一回! 你能看破这迷情吗? 你能斩断这相思吗? 你能放下这爱恋吗? 你能忘却这心上人吗?

歌罢曲尽东流去，相别依依情深深。缘聚缘散难留得，镜中鬓白我是谁! 寒潭清水透彻心扉，彼此本来无须相说。当年的誓约已在心中沉淀，今日的时光会冲淡刻骨铭心的记忆。

天边月亮撩惹得人心蠢蠢欲动，缠绵不休，那是丝丝缕缕长……莫回头，那是不归路! 曾经的忧伤，悄然远离而去，波水涟漪逐渐平静。扪心自问: 我失去了什么? 我得到了什么? 我所执求渴望的不过是梦幻泡影，我已不是当年的我!

说不清，道不明，剪不断，理还乱，何如清扫浮云过! 雪藏了多少世纪的酸辣苦甜，活出了多少岁月的开心快乐。我的心要像天空一样广阔，我的心要像大地一样深沉，我的心要像高山一样矗立，我的心要像大海一样纳容。

天地元合无分，东西南北皆人心显现。不要说是远或是近，不要说这里与那里，不要说遥望和相守，不要说你想念着我、我牵挂着你……我们之间根本就没有距离！

我不再念叨什么，我不再担心什么，我不再感觉像失去什么，我不再凝视着远方，眼中盼望着什么……你在污泥里脱颖而出，我在烈火中铸就红莲；你无畏狂风暴雨的洗礼，我傲然挺立尘世人间。

我朝远方呼唤，你心即刻相应闪现。你无意的那一念，我马上映显于你的眼前。我们根本就不受距离的制约，我们根本就没有对立的空间，我们根本就没有心灵的隔阂，我们根本就没有多余的语言……

我不再留恋过去，你不再执着现在。当下已超越一切世俗常情，我们心中的那朵寂莲妙花开，将成为未来所有人的心之所向！我们生活在这个世间，我们成长在这个世间，我们修行在这个世间，我们成就在这个世间。一切都归于自己的脚下，心无不是究竟彻底的圆满。

你还想到哪里去？你还能到哪里去？哪里不是你的家？哪里不是你的本地风光……月是故乡明，何处不婵娟！

来日的相见，不能停留在今天的期盼，脚下的路程尚须自己全部走完。我于前方升起了无限的希望，你在后边紧跟上未来的明天。心路的指向虽然到了尽头，现实还要继续打磨历练。我步步连起地走，你脚踏实地地行，同心同德，携手共举，成就毕生的弘愿。

丝丝缠绕难斩断，红绳月老头上拴。百年好合有多少，生老病死是人间。放下吧，彻底放下吧！放不下也得放下，提起之后还得放下。但得心无挂碍时，寂乐恒长，那时才知道什么是真正的放下！

问世间情为何物？直教生死相许！问世间情为何物？尽让作茧自缚！愿天下所有痴情人，早日跳脱欲海迷情，得无上清净安乐！

世间苦与乐的真相

绵长悠远，似有那深情的呼唤。俯听大地，大地无声。仰问青天，青天不语。一时焦急和茫然袭来。

世间有情，五味杂陈。味味真切，味味不同。这匆匆人生，仓促而短暂。百般滋味交织，捋不清，道不明。浑浑噩噩又一年。什么时候能活得真明白？

人生百年，苦乐参半。笑过亦苦过，有幸福的亦有悲伤的。每个人头顶都有一轮月无声息地悬挂。不知月是否知人间的辛酸，知晓那心中的无奈。

淡淡清风过而无痕，似乎很无情，向来不留下只言片语将人抚慰，好像从来没有来过一般。只惹得人留恋那份清爽，不舍那一丝温柔。

人往往如此，多情又贪婪，愚痴又执着。但凡生命中的所遇几乎都会在内心掀起一阵阵波澜。有时是欢喜，喜得忘了自己，乐得不知所以；有时是忧伤，忧得不见天日，伤得一败涂地。就这样起起伏伏地过完了一生。终究落得个什么？也许，都没活明白。

苦乐人生苦乐行。慢慢地，我们学会了忍，学会了接受，也逐渐变得冷静。当笑中掺着苦水，个中滋味只有在人生这滩泥水里摸爬滚打过的人才知道；当苦中尚有丝丝甜味，这份知足也只有历经沉浮、饱经风霜的人才有。难道在这苦乐的世界里真的只有苦与乐吗？

因排斥苦、喜欢乐，人才有了欢喜和悲伤两种情绪，但人们不知道的是，苦和乐都是人心对外界事物的感受而造成的一种幻象，而人心就被这假象所迷惑，进而又为自己设下重重圈套，困住了自己。如此，苦成了"真"苦，乐成了"真"乐。

苦乐并非苦乐，苦乐只是苦乐。静静的夜，沉沉地思，这是内心深处的声音。活不出来的人生，只是多了许多的羁绊，缠住了心，挂住了脚，所以才不敢大踏步地往前走。可若要问真正困住人生的是什么，也许没有几个人能回答得上来。或是因为太多，又或是什么都没有。谁能知道呢？

人生苦，因为不知无常。妄想一切拥有的都应是自己的永远，妄想一切期待的都该成为自己的未来。然而，妄想只是妄想。生命的轨迹总是与自己规划的轨道擦肩而过。遗憾、悔恨、懊恼，一切的苦就这样发生……

人生乐，因为一切拥有的正好满足了自己需求，一切命运的安排恰恰符合自己的设想。乐出了花，笑开了颜。乐，不过如此……

但无常的脚步从未停止，他悄无声息地掠过大地的每一寸土地，轻轻吻过现世中的每一个生命。至此，所享受的每一份乐，即成为接下来苦的种子。

苦乐并没有分别，那是无常的影子。苦也好，乐也罢，都不是永恒的。世间万物生灭无常，不可执着。若因得之而喜，失之而忧，那人生必定是在苦乐中煎熬。

来也好，去也罢，不过如此。看淡一些，放下一些，人生会更自在一点。或许，羁绊我们的正是那内心的执念，抓也抓不住，放也放不下，故而，人们才不知道自己为何活不出来。

其实无常本身就是苦，只是人们在无常的世界里去寻找自己喜欢的幻影。无论是感受到的是苦还是乐，本质上都是苦；无论是看到的是生还是死，事实上也是苦。体会不到彻底的苦，就看不明白真正的人生。看不透无常的真面目，就不知道苦和乐也该那么纯粹。

苦瓜连根苦，甜瓜彻蒂甜。这一语让人百思不得其解。难道开启真相之门的最后一把钥匙真的是这样吗？

无常并没有一个具体的样子，但万物皆是他的代表。我们身在无常之中，我们也是无常本身。若生命一直在变，我们就是变本身，我们也是苦与乐的本身。那么，还有苦与乐可言吗？不如就让苦，苦个彻底；就让乐，乐得通透。苦与乐不过尔尔。

如此，无常是我，我是无常。风雨无常，无常风雨。万物与我不一不异，同生同死。此时，还留恋什么，执着哪个？明月独耀虚空界!

苦在执求，难在放下

七彩色，黑白调，这就是人生。人世间丰富多彩，迷人眼、惑人心。人像扑火的飞蛾朝着光就去了，终徒落一生的悲哀。七彩色是人眼中的世界，它是幻化的。黑白调是人注定的结局，那是不虚的。

人有飞蛾扑火的勇气和热情，看起来轰轰烈烈的一生有血有骨，但终老时几人淡然？往往穷尽一生的追求未得到满足，临终也念念不忘，更多的时候是在人生的苦海中挣扎，难主沉浮。

人的心里都有一个容器，装满了这一生曾吃过的苦，无论什么时候都能一一抖搂出来与时光品味一番。可时光总是不冷不热，任你在他面前哭，看你在他面前笑，不曾言语。也许他是懂你的，只是默然以对。因为人生的苦都是无奈之果——得不到的无奈，舍不下的无奈，看不开的无奈……种种无奈交织成了人生的悲剧。

说苦也罢，道无奈也好，说白了就是人心有执求。迷人心眼的幻象太多，识不破，就当真了。人生本是一场幻戏，可演员太入戏，认假为真，成执着，这就麻烦了。

人一旦执着，戏就不再是戏了。喜欢的就一味执求，不喜欢的就坚决排斥，就是不会随缘。想要的非要得到不可，不想要的想方设法往外推，压根不知道圆融。可能人就是自己世界里的极端主义者，只是有时会在脸上抹上一丝柔和的妆容。

求而不得，就有苦。得而又失，还是苦。生命中的各种来来去去，从不停歇，人心的苦水就汇成了汪洋大海。如此，当生命走到尽头，撒手人寰时，什么也落不着。

也许扑火的飞蛾有气节、有情怀，光芒四射。但，终归会受伤的。伤在身，留下疤；伤在心，落下痛。执着就是如此，他像一双无形的手，推着人没有理智地往前走，直至生命的悬崖深深地跌落。

苦的人各有各的苦法，但到底不离一个"求"字。若能放下，不再执着，人也就活开了。那些感慨人生太难的人，只是放不下自己内心的执念。就像人拿着"执着"的这把利刃一点点地伤害自己，嘴里还不停地喊着痛，却怎么也无法放下手里紧握的刀。

世界是美好的，时光是温柔的。每每摧残自己，一杯一杯地让自己喝下苦水的不是别人，一刀一刀地伤害自己的也不是他人，皆是自己，是自己内心的执念。

其实，人只要肯放下，一切就都解决了。学会与自己的爱憎悲喜和平相处。该来的任它来，该去的随它去。不要凭空酿苦酒，也莫再在自己伤口上撒盐。

放下，就是善待自己；放下，就是学会生活；放下，就是温柔时光；放下，就是离苦得乐。

生活，可以充满阳光。生命，也可以更加自在。只一放下足矣！在人生的道路上看七彩色，调黑白调，只要心中没有执着，这生命的颜色，还不是自己说了算！

感悟人生

人生的苦水像大海一样多，不是每个人都能咽得下的。梦境般的是是非非、人人我我在轮番着上演；一个个让人应接不暇的故事频频发生……不禁为那些无聊透顶、脑洞大开的人发出一声无奈的长叹！

人与人之间的关系本来没有那么复杂，就是因为自私的心使人不再淳朴，早已变得没有了道德底线，余下你欺我诈的百般算计，一本正经地人前人后装模作样，一双肮脏的手却在背地里胡作非为。心理失衡造成不甘心的挣扎，肆无忌惮、不择手段地为名为利几乎让人彻底疯狂……

在这漫漫人生路上见识了许多拙劣不堪的小丑。痛彻心扉的感慨，笼罩人生不安的情绪，再也难拾起那鲜活的自由。悲哀搅动得心思错乱，无关紧要的事情却能掀起惊天动地的波涛。纷纷扰扰，不清净的心无所适从。古老的梵音在耳畔缭绕，试图唤醒这沉沦的人。

不是人心不够纯粹，而是那一点灵明被自己昧了；不是人心不够豁达，而是那极度的自私使自己跳脱不出来；不是人心不够真诚，而是那虚假的自我让自己一点都不坦荡；不是人心不够善良，而是那道德的沦丧逐渐令自己泯灭了人性。

一股清流也曾流入那荒芜的心田，也曾拥有过那简单快乐属于自己的生活。人生一曲欢歌总有酸辣苦甜的伴唱。只要演奏得和合协调，惊艳的彩虹就会出现在自己人生的天空。

不是弯下腰、低下头来就能赢得人生。也不是硬着头皮、闭着眼往前走就能到达理想的王国。谦虚是丰富自己才华的品行，不卑不亢的风格是处世应为的原则，无论什么时候都不气馁是自信而不屈服的体现，善待所有相遇，珍惜眼前是自己应有的本分。

星河大，宇宙更大。人心无内外，不可估量。若把心比喻成大海，那心若虚空岂不更贴切。五彩缤纷的世界，无不是自心所映显。这好与坏，对与错，善与恶，是与非……皆是自心生出的评判。若看不透诸相的本质，迷惑的自己就会被这眼花缭乱的人和事困缚而纠缠不清。

无畏风雨，风雨一直伴我行。苦乐就是人生的常态，莫怨天尤人，只管走好脚下路。人不但都有自己的世界，而且都是自己世界里的国王。管理好这颗心，让这个世界变得清明、祥和，充满爱。历练成长，不负今生。圆满人生之路，给自己一个无任何遗憾的交代！

识得自心，洒脱自在

明月自古高照，以皎洁而闻名于世。人经常拿明月喻心性，将寒潭映月来表达这清净之体。月行空而无痕，水映万物而无染。

有关月的传说很多，最著名的当数"嫦娥奔月"了。这是一个神话，更是一个传奇故事。嫦娥偷吃灵药暂且不提，就说这羽化升天奔月后的事。

吴刚所酿造的桂花酒，清香中有高雅，虽名为酒，实则是表法之药。能除疾，也会伤身，当适恰而用，不可过。

玉兔乃柔和的象征。广寒宫喻无情为大情，表此地清凉无比。嫦娥代表一个修行者的功夫境界。

月和太阳相映同辉，不分昼夜，周转运行，亘古不变更。洁白如雪，遍洒银辉，照亮了世间，照亮了每一个人。

她那无动之冰心，清明高洁，无与伦比。众星拱月，尽显她之尊贵。世人赞美歌颂，也说明她早已深入人心。

春夏秋冬，她依然依旧。百千亿年的变迁，也难动她分毫。岁月无情，也不能给她带来沧桑。日复日，年复年，她没有改变容颜。

纵乌云满天，她还是她，不增不减。清风明月总相伴，浮云尽扫，于湛蓝青天上一轮独圆。

指头上的月亮，就是自己的心灯。通天彻地，光明无量。照亮前方的路，从此再不迷惑和徘徊。

朗朗明月似我心，照破山河透古今。起脚迈步三千里，莫拿古人照今人。这一轮心性之月，始终散发着圣洁的光辉，洒满了人间。

曲曲弯弯的水，如同世人之心不正直。层层叠叠的山，好像世事众多而繁重。人生就是一场五颜六色的梦，沉迷其中而不知醒不愿醒的人数不胜数。

春有春花，秋有秋月，夏有清凉的风，冬有洁白的雪，这是心中的美妙光景。莫非这空手拿捏的不是灵山那一枝吗？今拈花人何在？破颜而笑者又在哪里？

鬓发霜白，丝缕飘洒，九天云霄之巅谁在逍遥。人间烟火弥漫了整个世界，处处示现平常，吉祥的话语从耳根流过直达人的心扉。

于明月清光中尽览宇宙自然，在天体星河上俯瞰万物生灵。没有一个不是如来智慧德相，这是心的最微妙之处吗？

人皆是在心的海洋中生活着。每日吃喝拉撒，行住坐卧，语默动静，所有的一切一切，无不是心生的朵朵浪花。

心无边界、无内外，洒脱自在，只在这一点灵明之中当体全现。心是你我他，心是天地万物。通心妙用，当我们欣赏一切的时候，其实就是在欣赏我们自己！

风雨伴我行

雨天，有思。淅淅沥沥的小雨，一直不断，清凉而湿润。

原本不喜欢下雨，因走到哪儿都潮湿，干什么都免不了带上雨点。可风扑在脸上，倒是有几分清爽。只是这南方的天，总是多了一分黏意。

喜欢与不喜欢好像一直伴人们左右。无论是人情世故还是自然万物，皆如此。中意的称心，看不上的总别扭，但却不知道这世界上，无论喜欢还是不喜欢，风雨都不会少。

与人相处亦是如此。合意的少，不合意的多。因人与人不同，每个人都有自己的主张。不同的人不一样的思维方式，必定会有不同的行为发生。如果一味地排斥异己，只寻求一致，那么，人活得必定很苦闷。这是自找的，也是看不开的结果。

这是在雨天反思所悟。听着雨声，看着树梢随风摇摆；心想着，风雨必定是会一直存在的东西，看来人只能改变自己了。

如果不喜欢能消融在心里，再把喜欢的也放下，或许人会自在很多。自己曾经坚定奉行的爱憎分明，或许并不是一个有真正修为的人该有的人生信条。

爱，由己心而发。因一己之意愿才有了爱与憎，也是个人喜好的偏颇而造成的。一切都离不了这一个"我"，倘若修行中还一味地如此坚持，看起来有情有义，大节大度，实则却偷偷养了一个"贼"！

人要学会放下。任风吹，随雨下。黏的就该黏，湿的本该湿。我乃万物之一，微不足道。面对这自然规律，若狂妄地以喜好而论之，不过是自寻烦恼而已！想到这里，觉得自己真的很傻。接着，不禁捧腹大笑起来……

人群所组成的社会，同样也遵循着宇宙世界的自然规律。有好就有坏，有我就有他，有顺就有逆……一切皆相对而生。

傻子才会依自己的喜好意愿来寻求一个大一统的世界。风不会因我喜欢就常来，雨也不会因我不喜欢就不下。

在人生的道路上会遇到许多人，很多事。没有哪一个是自己可以主导的，因为一切都是缘。因缘聚合，才有了眼前的世界。世事变迁，也是因为缘该如此。

在纷繁的世界里，要是接纳不了不同，容不下对立面，那如何能活得洒脱？在这无常变化的世界里，要是舍不下过去，放不下现在，如何能走向明天？

想想，有多少人在这人生的风雨中而苦恼、哭泣。不就是因为接受不了这现实中的一切吗？所谓接受不了也就是万事不顺己意，认为世界没有围着自己转，或者没有按照自己希望的节奏去转。

这看起来非常荒唐的想法，却人人都有，还根深蒂固。那些自在洒脱的人，他们就是看开了，放下了，不再做如此荒唐的妄想。

其实生活并不难，难就难在自己想不开。大可不必跟自己过不去，更不要与自然规律去较劲。该来的来，该去的去，一切本该如此。就让风雨伴我行！

守护这一片净土

梦里依稀总有人向我不停地呼唤……可寻不着、觅不见，仿佛在耳边，又感到十分遥远。

过往的记忆犹如丝缕浮云随风而去，现在的一切只在眨眼之间悄然流逝，而尚未来到的则永远是个未知数。

什么是无常，就是不停地在变。要说有一个永恒不变的真常，那就是任所变、变无变，一切自然平常，无不当体尽意全彰。

在百味人生中，不是因得到而欢喜，就是因失去而苦恼。永不知足，是人贪婪的恶习。一旦自身的利益得到了的满足，继而是肆意妄为的扩张，接下来的就是拼命地攫取，欲壑难填。

冰清玉洁、纯粹的心已被昧瞒。与人交往及行事的风格，少了一份天真的纯朴，多了几分虚伪的拣择。游离的灵魂好像不属于自己，每天都如同行尸走肉般地活着。

晴天是万里无云，心中的那一轮月亮就是照亮我前行的灯。一步一步，奔向那神往已久的国度。这是一个可以实现的梦想，要展开自己心灵的翅膀，飞向真正安乐的地方。

守护这一片净土，让花儿在这里自由地绽放。祥和而无比庄严，漫天花雨普洒着甘露，这一枝般若之花就在心灵的净土中发芽、开花、结果。

岁月再也不能把她摧残，无常自动消亡，真常不会再现。没有世间波涛汹涌般的纷争，更没有名利场中不择手段的尔虞我诈。

情是道情，爱为大爱。不是迷情忧悲苦恼，也不是欲爱纠缠不休。这清净之心似那空中皎洁的明月，古今不变更，始终放光辉。

人生苦，苦于无明而没有觉悟。若能歇息这不肯歇息的狂心，那烦恼无生处，极乐现前。

天之骄子，流落人间。逢遇当下，复本还元。心不随世间一切所变而变。不要执着这个生灭有时的假我，而要看破这一切幻象，觉悟出真正的本我。

清凉之月于心中常明，高山之巅那一轮独耀是千年的绝唱。洋洋洒洒自然流露，一首古老的天籁梵音，环绕宇空，传颂人间。合十祈愿，愿天下人身在娑婆，心在极乐！

永不舍弃的爱

世界之大，林林总总，充满着神秘多彩和万千变化。于每个角落，我们几乎都能洞悉这个世界的所有，但在此当中却难以找到自己最真实的面目。

有的人迷恋于物质的享受，有的人被俗情爱欲所缠绕，有的人被执求的心所牵绊……无明种种造作，我们的人生因而承受那烦恼不断、无常多变、生老病死的自然规律。很少有人在这个世界上能得到真正的永恒。

所以，生活在现代社会的我们缺乏安全感，始终找不到心中那可以信赖、可以依靠、值得依托的存在。

恍惚之间，我们从出生到少年，又到中年，直至古稀，不管什么时候都在追求，都在捞摸。只因自己心不安，那艘心灵小船还在漆黑的夜里漂泊航行。

人都会去寻求一种归属感，很多时候希望别人能给予我们阳光，能给予自己一份爱，能给予这短暂而又漫长的人生一点慰藉。

也许亲情的温暖能够带给我们儿时的欢乐，也许夫妻之间的相濡以沫能够陪伴我们度过一个个日日夜夜，也许朋友之间的友谊能够让我们在这个世界上不再孤独，让每一个困难都变得不那么艰难。

但这一切也非恒常不变。纵使他们的爱是真挚的，可人心却是无常的。下一刻永远都不会等同于现在，这一时也并不能代表着未来。

现实就是那么残酷。我们的深爱与坚守，往往都会随着时间的推移逐渐变淡，慢慢没了；我们的至亲至爱，常常都会以各种各样的方式离我们而去。

这爱可能会因为缘分尽了而一去不复返，这人可能会因为种种主观或客观的原因而退出我们的生活，甚至连生命也可能会戛然而止于某一个不经意的时刻。

一切都在潜移默化中骤然出现或发生，让人措手不及。它们的存在与消失，以一种不可抗拒的力量，让我们得到爱，又受到伤害。

人生世事无常，没有人能抓住一份实在而永恒的爱。那所谓的海誓山盟和天长地久，似乎只存在于童话世界里。

那么，在这个世界上到底有没有永恒的爱？当然有，那就是觉者的大爱！这爱无私忘我，不惜身命，纵千难万险也从未停止过救度众生的脚步。

有时他们的所作所为不被众生理解，有时他们的这一份心会被众生辜负，但这一如既往的大爱就是他们悲智行为一切的坚守。即便众生再无明，再愚昧，再恶劣，无论怎样的恶语相加，攻击诽谤，肆意诬陷，都动摇不了他们的大爱和决心。

即便众生没有善根，他们也会在恰当的机缘撒下种子，只为能启发众生内心的那一点灵明，只为在无数次相遇中能带给众生启发，只为在众生最艰难时能忆念起这无上慈悲，只为众生能明白这良苦用心。

这是无私的爱，这是恒常的爱，这是无量的爱，这是真正的爱。他不会因为时间、空间、人心的无常而变化；他不会因为人欢喜或愤怒而更改；他不会因为人生人死而动摇……时时刻刻，无处不在。

这一份爱绝唱古今，这一份爱宽广深沉，这一份爱不生不灭，这一份爱超越所有。只是我们不识，只是被我们昧却，只是我们还愚痴地在这意识的世界里不断地去执求、去捞摸。这是多么无明，这是多么悲哀。

其实在这个世界上我们并不孤独，并不需要去捞取什么。因为最爱我们的人，他们无时无刻不在爱着我们；因为最有能力救拔我们的人，他们随时随地都在应缘救度着我们。

我们是幸福的，那是因为这份爱自始至终都在我们身边；我们是幸运的，那是因为我们分分秒秒都被这份爱精心地呵护着。永不舍弃，是信念，是本愿。这一份爱是那么亲切，这一份爱是那么深沉，这一份爱是那么无私，这一份爱是那么那么伟大！

高贵的智慧

山高水深道途远，智慧明灯要当前。
一脚踏过两岸处，从此不被舌头瞒！

智慧本无相，应心显妙义。若无迷情众，作么再提及！智慧顺然生发，涵盖乾坤。智慧无量无边，总归于心。智慧无比尊贵，执求不得。智慧本自具足，心外莫觅。

智慧人人先天本具，只因无明自昧，被遮盖不得起用。智慧不增不减，常于世间行使法度。他无畏世间一切纷扰而相出，他于本体原位无住一切名相。你拥有他，他本就是你的家珍；你昧却他，他也从未缺少一点。有没有智慧，当在一迷一悟，这与你先天根本没有关系。你可说他有，也可说他无，有无本身非智慧！

智慧原非世间智，无离世间而作为。世出世间圆融处，根识自得一用时。若想运用得恰到好处，不着任何事相，不被任何境转，信手拈来抛却，脚下无住留地，这应无所住乃真正大自在！

无上智慧非求而得，乃自家宝藏相应出。你的智慧大小，全在你见地功夫的高低。你本无须修，只因习气。你本无须悟，只因有迷。若言明心，心本无相。若说见性，性空无染。

有智慧，烦恼无立足之地；没智慧，烦恼就成了障碍。你想圆满智慧，当歇息狂心即下现成；你想智慧妙用，在行住坐卧、日常生活中。

智慧是宇宙人生的光明顶点，他悲切耀尽人们心中的黑暗。他普照三千界，芸芸众生在他的导化下走向回归之路。你的根本智慧无穷无尽，应世处为自然流露。你心中闪烁着智慧光芒，步步脚下路即故土。你有大智慧，时处洒脱自在。你不受世事的困扰拘束，随应事而无住事。

路在脚下，可步步向前直达；心的智慧，可周圆天地万物。人所向往的究竟根本，尽在现前，无不在方寸。无数春秋已经成为过往，每时每刻都至关重要。你把握当下这一瞬间的机缘，能粉碎消亡那心中所有的困惑纠结，底穿洞明。

智慧是心中的明灯，有了他就能踏过漫长黑夜、艰难的道途。感受阳光的热切温暖，就知道月亮的柔和清凉。日月一空天，这乾坤运转的自然规律就是无常即真常。

智慧顶天立地，智慧称雄天下，智慧导化众迷，智慧解脱生死……你若有执妄分别在，德土浅薄，智慧不生，可叹昧负己灵，早已冤死在这幻心幻造的虚妄里！

撑起你心中的帆船，稳重把舵勇往直前。波浪滔天，也只是水平线上的一道风景；顺流而下，无有一点留恋。彼岸之舟在心里呈现，本地风光无所不在，般若花开遍天涯海角。智慧何须寻，原来在天真。造作无宁日，不得自由身。

究竟是智慧，圆满是智慧，大自在是智慧，无为法是智慧……智慧无所以相，心然洞出，皆逢遇随缘应机应生。

智慧非常又平常，现实生活每一个点滴当下皆是智慧显现。欲得智慧，求之不得，不求自得。应世平常心就是无上智慧。智慧非为学来，亦非他授，本自具足，不从外得，大须洞彻心源方可！

智慧是什么？本来现成事！做事者何人？如来不现眼！智慧应世间究竟为何？一场空幻戏！如何才能有智慧？万莫昧自心！

脚步踉跄不得意，落陷苦煞两脚泥。
灵明一点乍然出，破壳残皮脱落去！

智者称雄

我们是这个世界上来去匆匆的过客，可能还未曾将这个世界看清楚，就不得已该走了。那么这个世界究竟是个什么样？人到底从何而来、归往哪里？只有洞察宇宙人生的真相，这些问题才能迎刃而解。

人昧负本心，迷失了自己的本来面目，所有见闻早已是一个颠倒梦想的世界。你看世人整天忙忙碌碌，不是在这里求执什么，就是在那里攀缘做事。得到时高兴欢喜，失去时怨人尤天。终日沉溺在得失计较中，纠缠于是非对错间，烦恼种种不断，难得清净安生时。如此这般地活着，是多么累、多么痛苦、多么悲惨！

向往未来、希望成就的人很多，而真正能解决自己生死大事的人太少。往往欲站在浪尖上观广阔的大海，却不敢正视眼前的汹涌澎湃；欲立于高峰顶巅一览众山，却畏惧止步于交错纵横、崎岖险峻而不敢前行。就这样，一旦走到了人生的尽头，定会遗憾千古！

世界是非常奇妙的，它充满着各种未知。世界是丰富多彩的，总把人迷得颠三倒四。要想活得简单快乐，那就必得有纯朴的心和处世智慧。若洁身自好，坚守一方心灵净土，时处直平常，随缘而作为，方洒脱自在行走于世间。

智慧决定人生的全部，真正的智慧非世智辩聪。你驾驭现世当下的一切，你本就是自然宇宙的象征。你本来的心性，恒久永常，闪耀着无穷的慧光。你无须寻他，你原来是他，无时无刻不在起妙用，何须外求。

纵观古今修为有成就的人，哪个不是从心上下手？识得本心，行于脚下，踏过重山，底里透空，了见自心的月亮。

江河奔腾东流去，千呼万唤不回头。
高山远景望不尽，拈取一枝话明月。

这颠翻倒挂处，可知这一轮明月远在天边、近在眼前，皆是自心的显现吗？春秋易过往，人生得道难。要以智慧为眼，行履当下，功到自然成！

你心与自然相合，与天地同体。虚空法界，尽纳含容。你的世界就在心中，一念回光，当体全现，何处不是这净土！任千化万变，任过往云烟，当立根无动地，随他去！

想随缘顺应无住吗？想应机接引迷情吗？想任意拨转乾坤吗？想一统天地周圆吗？你得有这个智慧力量！

竹篙历尽千江水，往来摆渡无二般。
空空如也尽涵盖，自古至今无底船。

回清倒影，普洒银光。过过不息，当空顶上，月亮还是那一轮月亮。往来大江南北，映出无数精彩。一场梦幻泡影刹那粉碎，纯真的笑脸抹去了往昔的沧桑。脚下的千山万水，都是行者道途上的过路风景。你留恋不舍也好，你一脚踏过也罢，皆是那幻生幻度的千古绝唱。

人有许多坎要过，欲摆脱困扰，无非把心放下。若然如是，未来即在当下呈现。你执着得越深，你的烦恼就越大。当你窥破这一切皆是虚妄时，不断烦恼，不求菩提，原来本闲闲，无事人一个。

当立者何人？春风一度早过往！脚跟立稳否？风停云住流！这脚下路如何来走？一步一个脚印！何时能到达目的地？脚下即故土！

行在世间，悟在当下，你修得如何？如何起用？你有没有智慧来化转所有？放眼人世间，智慧做舟船，一切不离心源。

智慧由心而生，应事而显，无智慧不得解脱！欲得无上智慧，必得打开心量，不然皆是空谈。当你的心量与天地同齐，你的智慧相也不复存在。有智慧，无智慧相；智转事，无住事，一切即无为事。你心中明堂堂，寂寂然，本来面目何须寻！

　　心的无限量，当在行用作为中流露。脚下步伐稳重，践行方达亲证。智慧独占鳌头，世出世间，智者称雄！智慧为天下群龙之首，海阔天空，一任遨游，六时吉祥，何处不风调雨顺？智慧是一棵参天大树，根须并发，枝叶茂盛，四季轮转，何时不屹然挺立？若能通心达意，敢说你是过来人无疑！

最尊贵的微笑

笑有很多种，有微笑大笑，欢笑苦笑；有嬉笑冷笑，真笑假笑；有阳光灿烂的笑，有阴险深沉的笑；有正直善良的笑，有不怀好意的笑；有幸福愉悦的笑，有辛酸艰难的笑；有自然平常的笑，有刻意强装的笑。

有滋有味，笑得甜蜜；暗藏神秘，笑得诡异；连自己都不明白，笑得莫名其妙；感染力强，笑得能让别人跟着笑；乐极生悲，笑着笑着却突然哭了；皆大欢喜，大家同心笑、一起笑⋯⋯

笑，能反映出人的心态、人的心境。如果笑得很勉强、很无奈，肯定心情不好；若笑得爽朗，特别痛快，一定是非常开心。

人生苦短，不如意事十有八九。每日活在颠倒梦想中，能真正笑的人有多少？心境清凉的人，笑得率性纯真；整天烦恼的人，根本就不会笑。

世俗常人的笑，是在迷情中笑、梦幻中笑⋯⋯深陷苦中不知苦，往往身不由己，费尽心机，拼命执求，到头无非一场空。而修行人的笑，是法喜充满的笑，是最有意义的笑。

由心而发的笑声，是天下最美妙的乐曲，总是引导人积极上进。若笑在脸上，心里却一片死海，则毫无生机可言！

愁云原在自心头，一笑能消千古愁。
若然心中空无物，何劳释迦露一手！

本地风光无限，何须向外觅求？这无上微妙不可说，当在心上悟！

笑在脸上，心不相应，与法无关。心领意会，了达透脱，人法皆空。愚昧之笑，令人入执入邪；智慧之笑，使人破迷开悟。

只有明心见性，找到本来面目，才是天真无邪的笑。若言下知归，归家稳坐，无论怎样笑，那都是最灵明的笑，最安详的笑，最自在的笑，最完美的笑，最让天下人向往的笑……这笑中涵盖无量的大悲智。

大河奔腾，有它气势磅礴的笑；小溪畅流，也自有它欢唱的歌。人的喜乐长安，直在顺其自然、合于大道。在笑中善待所有，在笑中容纳一切，在笑中随应无住，在笑中修成正果。

唱一曲从远古来的心歌。这空口弹舌，妙音流淌，谁能懂？谁能明？这示表演宣，古往今来，几多知音？路途漫漫，任重而道远，落脚在何处？且直行去，回头早错过！

　　春去秋来，花开花谢，当问余生有多少？淡淡清茶，相映托出，杯中月明心光亮！

　　虚空竖指，掌中日月，拿得起，放得下吗？性海泛舟，瓣瓣莲香，本人自识自家物！

　　这造就无底铁船，踏破东西彼此两岸时，如何？碧水连天，满目青山，一任百花笑春风！

　　看！古今一轮悬空高挂，时处暗传消息，若能承接得下来，一笑心心笑！

真正的智慧是悟出来的

人都知道学习能增长知识学问，丰富自己的见识，可很少有人明白真正的智慧是悟出来的。世间的常识和经验皆可从学习及摸索中获得，而宇宙人生的真谛，即究竟从何而来，要到哪里去，都必得靠悟性来解决。

"我是谁？"这个话题，不知困惑了多少人，不知有多少人能彻底明白？！知识学问都是意识层面的东西，与先天本具的智慧不能相提并论。

世间所谓的聪明，也就是世间智，是思维意识的一种表现。思维能力越强就越聪明，聪明的人能做很多事，能解决现实生活方面的许多问题，比如婚姻、家庭、事业等，但也只能局限于人目前所学所知的范畴，而真正能让人们看破、放下执着、不再烦恼的那是出世大智慧。

此智慧无所拘束，能了无差别地展现出独特而非同一般的风采。可谓人一旦拥有了它，即不会执着于思维意识的分别拣择，也不会再徘徊于理智和情感之间。

如果能把狭窄闭塞、自我意识的思维空间打开，能把学到的东西都消归自心，都转化成提高自己悟性的动力和资源，那么，人可以去学，可以博采众长，但不要执着，否则，会障碍自己的悟性。

所以，学习能丰富人的思想头脑，同时也能造成人的所知障。若活水源头没有找到，或被自己昧却了，那后天意识的产物就会泛滥成灾。

知识学问基本上源于文字，文字只是便于传播的载体或工具。往往那些微妙高深、只可意会不可言传的，都是超越语言文字的。

一朵花再平常不过了，在诗人的笔下是那么美丽娇艳、让人喜爱，在一个悟道者的眼里，它是心性当体的根本显现。这说明人站的高度不同，心境就会不一样。境界深浅大小不一，智慧也各有差别。

表面上的博学多闻，能言善辩，口若悬河，令人羡慕不已。其实都是世智辩聪，非究竟根本智慧。本觉智慧有光，能彻照人的心性，除去人的恶习，指引人的行为，能令人复本还元。

这种智慧不同于世间聪明，由学而得，由识而来，而是通过悟、深悟，冲破重重疑团的破迷开悟。

他是透脱意识的自然流露，突破维度的奥妙体现，超越物质的精神家园。他顺应天地人之自然运行规律，合于道，合于情，是智力与心灵成果的一个飞跃，是终极升华。

真正的智慧是生活中的智囊库，无论什么样的棘手问题、多么难办的事情，他都能给出一个完美的解决方案，其结果顺人意，通天意。它没有人种、国家、性别、年龄及一切分别与偏见；它没有歧视、没有嗔恨、没有嫌隙、没有暴力，爱与善是主旋律。

世间人沉迷于世间事，很少有人把自己的人生看成是升华的过渡，常常钻进这物欲横流的社会里面出不来。不是被名利蒙蔽了自己的心，就是做了权情驱使的奴隶。

在这个花花世界中能经得起各种诱惑的人有多少？无常的人生有太多的不定数。率性天真是那么任运放旷，直心无曲是那么本分天然。人生的道路智者走来是多么洒脱自在，在愚人心里却是一杯难咽的苦酒。愿我们都能参悟人生，开启自家宝藏，具足一切智！

清凉月，自心灯

舒展的心乘着风一直飞向远方。这心中的一抹光从心底生发，终洒向整个宇宙。一轮空月高挂，明明历历。或有圆，或有缺，但自始至终，还是那一轮！见么？见得什么？依旧常空行，只此一心灯。

心，无不尽遍。通达而周转一切的，除了心还有什么？在心的世界里，你所见到的一切，无外乎都是心灯的闪烁。你见有光，我见有影，这一心从来都是幻化万千。

明灯高照，是月，是光，还是心？当我们抬头仰望时，忽见那一抹亲切。低头再看，那千江共映此一轮。万古长空，一朝明月。皎洁清凉，不曾变更。

心灯在这里，心灯在远方。心灯在天上，心灯无离自己。蓦然回首，不见来路，时往前看，不见去向，这脚下如何来走？

天空漫洒花雨，恰好一朵落心上，绽放无量光明。那馨香四溢，好似天地无限之怀抱。那光芒万丈，就像灵山拈花在微笑。你看心灵那一朵，你看天边那一轮，是一么？是二么？

拈举一枝，莫论春秋。只此青红，还见如故。一轮又一轮，无数个春秋，无数个轮回，这心依然恒常么？

心灯清凉月，空月高挂须弥空。若见只一心，分外明亮孤历历。月洒千江，映现一轮。只此通鉴，万现千呈。这世界尽在眼底，这世界皆在心上。若昧却了这一个，又在何处去觅那缤纷的精彩？

斗笔之下出豪情，光影顶上无多月。直挑竿头阳日上，脚下孤影行千里。这一轮清凉月照彻天地，这一盏心灯耀尽古今。你见灯亮了，是亮在了心底，还是亮在了天边？你见月明了，是明在了天上，还是明在了心底？

莫寻莫寻，只这空口弹舌还如是。若唇齿不变时，一音空传梵音唱，千年共贺清平乐。如见天上月一轮，映彻底里千江心。

只此空月常明，清亮无影。只此灵光独耀，孤芳无赏。月夜中，你能见那高洁凄冷，那么，这心底一番风景又叫谁人识了去？

天上地下，无有二人，独尊时一指顶空立。千江有月千江心，到底是那一轮圆缺有时。清凉月，心灯明，明在何处？照在何方？只见铺洒大地，熠熠生辉；只见漫天尽耀，光芒万丈。

这一光，共映万般承载。当下无住相映时，再见一轮孤明历历空，绝唱古今一音成。今朝唱罢他夕还，圆月一轮明在空。

孤凄如是，对月相映。独自把茶高歌，只此一杯能饮尽大海千江，只此一杯能呈现一缕清凉。清凉有月清凉时，心地光明当在这一杯之上含三千。饮吧，喝了这一杯。这一轮毕竟圆了又缺。

背负着光明的使者，来自天上那圣洁的地方。若这光明遍洒一地，能拾起一缕的又是谁？只在心底透见处，原来这一使者从心底而出，那一抹光早已在我的心房。

若月能够照彻我的心扉，那从古至今，难非还有一个他么？心底的那一道光明，从来不在他处亮。只在心底通明处，你看，一轮清凉孤独寂，终究常明横空天。春秋无常月恒常，一滴一滴纳千江。

还是那一轮，还是那一心。纵四季交替，纵世事更迭，纵山河破碎，纵海枯石烂，哪一个不是他？那一轮又何曾变？独明空历历，照见了什么？

若见证了所有的这些变迁，唯一不变的就是那透明的一颗真心。旷古绝今，万般皆因这一心而精彩。亘古至今，心永远都照见那一轮孤月。

顶峰不见通彻底，拈举空花笑天地。争奈痴人多迷情，不识曹溪那一滴。月明，明月，几夕何？把将长空见非见，还有个月么？心底通明，照非照时，这对面一笑却不相识，那这孤峰妙顶究竟如何来站立？

脚踏千峰能平定，堪为心之王者。若抹却心头一丝影，这一轮端底独明。山河破碎处，风月常存。心底真常时，生灭尽破。只见生死轮回无期，哪知孤峰顶上还通见这些许。横捏竖弄，尽在指掌间。你见那乾坤倒转，心然无昧，这一切皆是幻戏。

顶立峰上月一轮，照见人心通亮。若明彻有底，那心底这一轮又在何方升起？天上月，心中月，究竟哪一轮才是真月？

你看，于孤峰绝顶，明月高悬，清冷一片。能照见山山水水，冰凉的岩石，百年的苍松，就是照见不了月自己，只为孤明唯一。

若明光暗透，言无见，眼不自眼，道相见，不曾怀念。归期无时终在此，此即彼岸无归期。心意有别何相弄，毕竟空明孤历历。

点亮心灯，终见那孤月独明。撷取一把月光撒天撒地，在那顶光之上你能描绘这千川，这大地，只为空手横拿，皆不出一笔。此山河尽在，唯只手相弄。

这月空明，不过是心头一点。这心为王，纵横千江遍洒大地。你见有山，我见有水；你见是幻，我见是真。只空天一轮转，痕却无。

若虚空无相遮，一轮圆月独空明，还有他处么？还有别个么？俯揽江河，直乘天上。做那一轮月，做那虚空天。

月常空，虚空尽，只此只手横把玩。若见顶上无顶立，横扫千江一掌统。须弥之下何曾相见，空天之处一轮独明。月，月，月，心灯一盏明！

心灯清凉月

归家之路何时才是尽头？如今依旧半途远望、遥遥无期！这一路走来，有多少坎坷磨难？有多少危隘险关？有多少悲不自胜？有多少苦不堪言？千回百转，身不由己，可叹我匆忙跟跄的脚步！

欲挣脱无明枷锁、斩断这生死链，还我本来面目，必得破迷开悟。行者道途的脚步一刻也不能停留，直把心路走得圆满，方彻底解脱出来，成为一个自由人。

暗夜航行于大海，波浪滔天，汹涌澎湃……导航灯在指引着前行的方向，一时起落一时过。乘风破浪，高歌猛进，气势磅礴，舵手自胸有成竹！

风啸烈，雨狂泻，当看四平八稳处，脚早已踏上了彼岸。明月一轮照千古，清风徐来满乾坤。紧跟光明岁月的步伐，一道弧光心头闪过……我还是当年的我吗？是谁穿越了大江南北？是谁涤荡迷雾而拨云见日？虽然往事不堪回首，但寒梅依旧透春光。

直指目前当下，何处再去觅他？星斗流云飞扬，空月高高悬挂！这风光一线偶露处，不在起步，不在落脚，刹那无踪影，点滴无存，空空如也。两岸景色皆无见，此时归往何方去？一湖碧绿倒映三千，烁光隐现，谁能扶得起这影影绰绰，似月非月之幻化幽境？！

明光暗透处，点滴不住留。眨眼已过去多时，还想捞摸个什么？此枝杈叶上事不提也罢！这盏明灯何时放光？它从来未曾灭却过！方寸之间，天地尽在一手握。何来道途险恶？哪有门槛高低？往昔事作么提起？无生地里撒什么种子？

有无在这顿断消亡，中道亦无相立。会得什么意？明得什么心？见得何自性？道荒径绝，无修无证，原本天真一个。莫东攀西求，作践自己！空月投水万千映，上面的无是，下面的亦非，唯心灯自光亮，无不通明耀十方。

拿不起，放不下，该当如何？抬脚直向前，步步得心安。灵明点意出，山川是平原。霍霍闪闪，点点成线，云飘雾起，指下明断！若把指头当月亮，当前的光景，昧心瞎却眼！

纵观古今，唯智慧堪称雄！你有智慧吗？你在当下之机能转身吗？彼此恰遇在此时，当不负承接！每一条脚下的路都要用心来走，将去何方？目的地在哪里？如何才能更快地升华？起脚迈步直向前行，时处现成原来如是。这根底的事如何明了？清灵灵的潭水底里托出一轮空天明月！还识得它吗？性光乍现谁能捕捉！

　　脚下路头一通到底，归家稳坐的是谁？得手容易撒手难，这拈得起还能放得下否？无弦琴音曲悠长，知音从来无商量。高山流水唱不尽，几缕闲云空飞扬。

　　这不迷不悟如何参悟？这门里门外如何进出？明不见，暗难寻，直伸指头点真金。棒喝五六七八九，十字路口定乾坤。

　　复返往来多回，家底尽数抖露，通心达意者谁？一棒一条痕，一掌一握血。竖起铁脊梁的哪个？这脚下生辉处，你可安稳了？

　　拈花无语破颜笑，一曲无生调和合共鸣。若问拈花意旨何在？这会心一笑的不是你！若问何为心心相印？待你承接得下来时再说！响鼓不用重锤，良马何须鞭催！

　　本不相分，端底为何？万古长空，一朝明月。心灯清凉月，千年共一盏。通明十方地，拈花妙无边。明灯由心而放光，脚下路走得自然顺畅，一切平安吉祥。求之无所得，求之心难安，求之总向外攀缘，求之不得这清闲……当歇心罢手时，不求自得！

我心似明月

寒潭清水，一轮明月托底而出。走过无数春秋，流传着多少千古绝唱……你心中的明月在何处？你能见到自心的明月吗？江河奔流不息，人们向往着未来。这一道弧光闪过，谁能留住它的脚步？

岁月漫长，世事人心多变。我撑起心海的帆船，划过惊涛骇浪、暗礁险滩，走遍大江南北。一阵春雨伴随暖流，将我从寒冰中接来。青山碧绿，人海熙攘。我饱览冬梅雪香，喜欢夏夜追凉，欣赏秋月皎洁明亮……此时心月空相对，映出那万家灯火长龙，映出那千年古柏苍松，映出那无限风光美景……

一盏心灯，一轮清凉月，方寸灵台，流露三千，放眼宇宙天地，无不尽在其中。求之不得，不求自得。彻明于心，行在脚下。常感心之无上微妙，看不见、摸不着，无可寻觅而又时处显现。当要真落实为，在点滴中顺应过，平常自然，不偏不倚。道艰辛，愿无尽，我将上求下化，永远！彻底！

头顶银盘，圆月高高挂；秋色宜人，还那么惬意。你身上散发着柔和的光，始终与骄阳相映同辉。每一颗星星都围绕着你、向往着你。漆黑的夜不能把你淹没，只有黎明到来，你才会隐去。无论春夏秋冬，无论古时今日，你从来不变更，依然如故。时有仰望，时有赞美，时有羡慕，时有祈求……都想把你融入自己的心灵深处和天地同体、与自然合一。

静静的水中浮现明月的光轮，一叶轻舟从心海里划出。我扬帆远方，看准航线，掌好舵盘，踏过汹涌澎湃的咆哮，接受暴风骤雨的洗礼。我坚信只要我有愿望、有信心，不执着任何沿途的风景，最终会云消雾散，迷中梦醒！

白云缭绕，青山翠绿。仰天长啸，江河共鸣。于红尘滚滚中性海泛舟，处处有我那矫健的身影。一颗赤子般的心哟，奏响那千年的竖琴古筝。

阵阵风浪轰轰鸣鸣，那是我尘封已久的心声。这渴望自由的鸟儿，终于摆脱囚笼飞向天空。彼岸在眼前，彼岸在船上，彼岸在脚下，彼岸在心中……无处不在，何必四处寻迹觅影！

悬挂空天一轮月，湛湛澄澄，历历落落，了了清清……点亮自己的心灯，自然大放光明，照耀着前方，照耀着航程，照耀着柳暗花明之新生，照耀着日月乾坤之流转。

似水流年已经远去，抹去那心中沉淀残留的记忆。看好脚下勇往直前，高歌猛进，所向无敌，彻达究竟。什么忧悲苦恼，什么善恶顺逆，什么坎坷不平，什么寒热境地……那些早已成为过去，当下就是一番新气象、新天地。

我张扬春花的美好，我享受夏风的清爽，我赞颂秋月的淡雅，我品味冬雪的素净，我寒来暑往，朝朝暮暮，都是那么开心快乐。

船儿摇橹驶来，波儿烁光闪跃，月儿上了眉梢，满面笑容是我天真心境的显露。我摇旗呐喊，发自内心真诚地呼唤……大江南北，四面八方，天涯海角都在无声地回应。

历经严寒，春天来临，是百花盛开的季节。岁月凝眸，回望往昔，一切皆随风! 珍惜当前，随缘了缘，不再陷迷情!

归元在心，心安处是家。原本具足，执求个何来? 挂上心头的是明月，应世作为的是智慧。愿这一轮明月尽遍虚空，般若花开，菩提常在。

慈悲善待所有，智慧处应一切。心地纯正，清净无染。无我尽舍，勇于荷担。仰俯无愧天地，万古长空，一朝明月。

在寂静中常乐，在寂静中空灵，在寂静中了然，在寂静中交融……无语朗朗示现演表，这照体独立，历历孤明。

我心似明月，映显寒潭中。
彻照境万般，了了无一影。

华丽的外表不能代表内在的真实，虚伪的光环总是迷乱追求者的眼。我洁白如初——不矫情做作，不有意炫耀独特，不高高在上俯视一切，不因为人们的仰望而傲慢。

我心似明月，光耀大千界。
至今还依旧，千古称妙绝。

明月何在? 莫向外寻! 指上无月，月在心中! 心月于何处显现? 万紫千红总是春! 这明月在何处升落? 颠翻倒挂，任我所以! 明月还见明月否? 一轮独出，万江朝拜! 你心我心皆是明月时如何? 灯灯相映，光光无碍!

我心似明月时究竟如何? 清月素颜似水，船儿于心划出。掌舵人何在? 一片彩云漫天游!

上架建议：文学专著

ISBN 978-7-5225-3469-5

9 787522 534695 >

定价：39.6 元